EL HIJO SECRETO DEL JEQUE
MAGGIE COX

Editado por Harlequin Ibérica.
Una división de HarperCollins Ibérica, S.A.
Núñez de Balboa, 56
28001 Madrid

© 2017 Maggie Cox
© 2017 Harlequin Ibérica, una división de HarperCollins Ibérica, S.A.
El hijo secreto del jeque, n.º 2553 - 28.6.17
Título original: The Sheikh's Secret Son
Publicada originalmente por Mills & Boon®, Ltd., Londres.

I.S.B.N.: 978-84-687-9549-2
Depósito legal: M-10111-2017
Impresión en CPI (Barcelona)
Fecha impresion para Argentina: 25.12.17
Distribuidor exclusivo para España: LOGISTA
Distribuidores para México: CODIPLYRSA y Despacho Flores
Distribuidores para Argentina: Interior, DGP, S.A. Alvarado 2118.
Cap. Fed./Buenos Aires y Gran Buenos Aires, VACCARO HNOS.

Capítulo 1

L A CAÍDA desde el muro de granito sucedió en un instante, sin embargo, el tiempo pareció detenerse cuando Darcy vio que caía de pronto. Había perdido la concentración a causa del nerviosismo que le producía la idea de encontrarse con el propietario de la mansión para decirle que el último encuentro apasionado que habían compartido había producido un hijo...

Después, el intenso dolor que sintió en el tobillo al tocar el suelo hizo que tuviera algo más por lo que preocuparse. Blasfemando de manera poco femenina, se frotó el tobillo y puso una mueca de dolor. ¿Cómo diablos iba a ponerse de pie? La articulación se le estaba hinchando demasiado rápido, así que había perdido la oportunidad de mostrarse como una mujer serena, que era lo que tenía pensado.

Al cabo de un instante, un hombre fornido atravesó corriendo el jardín y se dirigió hacia ella. Era evidente que se trataba de un guarda de seguridad. Ella recordó que debía permanecer lo más tranquila posible, independientemente de lo que sucediera. Entonces, respiró hondo para tratar de controlar el intenso dolor que sentía.

Cuando el hombre llegó a su lado, Darcy se fijó en que su piel aceitunada estaba cubierta de una fina capa de sudor. El frío de octubre hacía que saliera vaho de su boca al respirar.

–Podía haberse ahorrado el esfuerzo. Es evidente que no voy a marcharme a ningún sitio. Me he torcido el tobillo.

–Es una mujer muy tonta por haberse arriesgado de esa manera. Le aseguro que el jeque no va a estar muy contento.

Al darse cuenta de que se refería al hombre al que deseaba ver se sintió como si la hubieran estampado contra la pared.

–Su Alteza es el propietario de este lugar y usted ha entrado en su propiedad sin permiso. He de advertirle que él no se tomará esta intrusión a la ligera.

–No... Supongo que no lo hará.

Desde luego, la reacción que tuviera su amante al verla no la haría sentirse peor de lo que ya se sentía. «O sí».

–Mire, lo que ha pasado ya es inevitable y, aunque tendré que explicarle a Su Alteza los motivos por los que estoy aquí, primero necesito que me ayude a ponerme en pie.

–No es buena idea. Será mejor que primero la vea un médico. Si se pone en pie puede que empeore su lesión.

Ella se fijó en que el guarda la miraba con cierta preocupación. Momentos después, el hombre sacó el teléfono del bolsillo y habló en un idioma que ella reconocía de cuando trabajaba en el banco.

Para empeorar las cosas, al reconocer el idioma, una serie de imágenes del pasado invadieron su cabeza. Algo muy inoportuno, teniendo en cuenta que se había metido en un lío.

«Y todo porque se me ha ocurrido escalar un muro que nunca debería haber escalado, y me he lesionado».

¿Y qué más podía haber hecho si estaba desesperada por ver a su antiguo amante? Sus peores temores se habían hecho realidad. Él estaba comprometido e iba a casarse. Y daba igual cuántas veces tratara de asimilarlo, el corazón de Darcy rechazaba la idea como si fuera veneno.

Cuando el guarda colgó la llamada, Darcy se percató de que no iba a ayudarla a ponerse en pie. El hombre sacó un pañuelo del bolsillo y comenzó a secarse la frente.

–El médico está de camino. También he pedido que le traigan un poco de agua.

–No necesito agua. Solo necesito un poco de ayuda para ponerme en pie.

De pronto, consciente de que no le serviría de nada pedirle ayuda a aquel hombre, Darcy agachó la cabeza y permitió que su cabello color dorado cayera sobre sus mejillas. Confiaba en que así pudiera disimular el miedo que la invadía por dentro. Rendirse ante la debilidad era algo inconcebible para ella. La última vez que lo había hecho le había salido muy caro.

–¿Quién es el médico? ¿Pedirá una ambulancia para mí?

–No necesita una ambulancia. El médico es el

mismo que atiende al jeque. Está muy cualificado y tiene un apartamento aquí.

–Entonces, supongo que no tengo mucha elección, aparte de esperar a que llegue. Confío en que traiga algún analgésico fuerte.

–Si necesita tomarse un analgésico también necesitará agua. ¿Quiere que llame a alguien para avisar de que ha tenido un accidente?

Darcy notó que se le aceleraba el corazón. Su madre no se tomaría la noticia con tranquilidad. Y menos cuando era especialista en hacer un gran drama a partir de una nimiedad. Lo último que necesitaba era que su hijo pequeño se contagiara del nerviosismo de sus padres.

–No. No hace falta. Muchas gracias –sonrió.

Darcy no se había fijado en las dos personas que se acercaban desde la casa con paso apresurado. Miró a otro lado, puso una mueca y se frotó el tobillo hinchado.

¿Sería la policía dispuesta a arrestarla por violación de la propiedad privada?

Como si hubiera notado su nerviosismo, el guarda se arrodilló ante ella y le dio una palmadita en el brazo como para consolarla. Ella lo miró sorprendida, algo que se reflejaba en el brillo de sus ojos azules. El comportamiento de aquel hombre no se correspondía con el de ningún guarda de seguridad de los que había conocido. Y en ese momento, cuando se sentía sola y asustada, agradecía un gesto de amabilidad.

–El doctor le curará el tobillo enseguida. No se ponga nerviosa.

–No estoy nerviosa. Estoy enfadada conmigo por haber escalado el muro. Solo quería ver la casa con la esperanza de... Tenía la esperanza de que si veía al jeque pudiera hablar con él –se mordió el labio inferior. Al ver que el hombre parecía interesado en sus palabras, continuó–. Leí en el periódico que se había mudado aquí. Yo solía trabajar para él, ¿sabe?

–Entonces, si quería verlo otra vez, debería haber llamado a su despacho para pedir una cita.

–Lo he intentado muchas veces, pero su secretaria me dijo que él tenía que dar el visto bueno a la cita. Ella nunca me devolvió la llamada, por mucho que yo lo intentara. En verdad, creo que él ni siquiera ha recibido mis mensajes.

–Estoy seguro de que sí los ha recibido. ¿Quizá Su Alteza tiene motivos para no contactar con usted?

–Rashid.

Al oír una voz grave, ambos volvieron la cabeza. Darcy se quedó asombrada al ver a un hombre con vestimenta árabe. Tenía los rasgos de su rostro bien grabados en la memoria, aunque la última vez que se habían visto había terminado partiéndole el corazón.

Curiosamente, a pesar de todo, su instinto fue recibirlo con familiaridad.

«Zafir...»

Por suerte controló su impulso a tiempo. La mirada de sus ojos negros era penetrante. Ella se estremeció, y se fijó en que, aunque parecía un poco más viejo, seguía siendo igual de atractivo y estaba segura de que tenía mucho éxito entre las mujeres de Katmandú.

«También tiene el cabello más largo».

Su melena oscura y ondulaba llegaba por debajo de sus hombros. El recuerdo de sus mechones sedosos entre los dedos provocó que ella deseara acariciárselo de nuevo.

–La joven se ha caído del muro, Alteza –intervino el guarda de seguridad con un tono tremendamente protector–. Se ha hecho daño.

–Hacer daño es lo que se le da bien.

Dolida por el comentario, Darcy abrió la boca para protestar. Era a él a quien se le daba bien hacer daño, no a ella. ¿O ya se había olvidado de ese pequeño detalle?

–¿Qué estás haciendo aquí y por qué has traspasado mi propiedad?

–Te diré por qué... Porque no devolvías mis llamadas ni contestabas a mis mensajes. Ni siquiera me concedías una cita para verte. Y sabes muy bien cuántas veces lo he intentado. Este ha sido mi último recurso. Sinceramente, preferiría haberte dejado tranquilo, pero tenía que verte.

–Que yo sepa, nunca he recibido esos mensajes.

–¿Bromeas? ¿Cómo es posible que no los hayas recibido? A tu secretaria le decía que era urgente y confidencial. ¿Por qué no me creyó?

–Eso no importa ahora... Si es cierto lo que dices, tendré que investigar al respecto. ¿Por qué querías verme, Darcy? ¿No me creíste cuando te dije que no quería volver a verte? No podías esperar que saliera algo bueno de nuestro encuentro.

Él se inclinó hacia ella y la miró de forma acusa-
dora.

–¿Hace cuánto tiempo sabes que estoy aquí?

–Me he enterado hace poco. Salió un artículo en
el periódico.

–¿Y pensaste que era tu oportunidad de vengarte
de mí por lo que sucedió en el pasado?

–¡No! –exclamó ella–. Ese no es el motivo por el
que quería encontrarte, Zafir. ¿Piensas que mi intención era chantajearte de algún modo? Si es así,
no podrías estar más equivocado –las lágrimas se
agolparon en sus ojos. Ella tragó saliva y pestañeó
antes de continuar–. El artículo decía que estás
comprometido y que vas a casarte.

–Y sin duda quieres felicitarme ¿no?

–No te tomes a broma mi sufrimiento –se cruzó
de brazos, indignada. Al moverse, notó dolor en el
tobillo y se quejó.

Él la miró preocupado y se volvió hacia su
acompañante.

–Doctor Eden. Por favor, dele agua a la joven y
échele un vistazo a su tobillo. Ahora. Puede que lo
tenga roto.

Darcy se retiró el cabello del rostro y lo miró.

–Te alegrarías de así fuera, ¿verdad? –agarró la
botella de agua que le ofrecían y bebió un buen
trago.

Cuando el jeque se puso en pie, la miró con in-
quietud.

–Aunque deberían castigarte por lo que me hiciste, no me alegra nada que te hayas lesionado. Y
una cosa más –dijo mientras el médico se agachaba

para reconocerle el tobillo–: No me llames Zafir. El uso de mi nombre solo está permitido para un círculo selecto de familiares y amigos. Sin duda, señorita Carrick, debería dirigirse a mí de acuerdo a la jerarquía de mi cargo... Usted es mi subordinada.

Su tono furioso hizo que a Darcy se le encogiera el corazón y que sintiera ganas de llorar.

Hubo un tiempo en que había amado a aquel hombre más que a su propia vida. Sin embargo, parecía que él la odiaba, y todo por que se había creído las mentiras rencorosas de su hermano...

–Aunque no necesito hacerle una radiografía, diría que se ha hecho un esguince severo, señorita Carrick.

Al oír el diagnóstico del doctor, ella se alegró de que la situación no fuera tan grave como temía. Suspiró aliviada, pero al instante frunció el ceño. ¿A quién trataba de engañar? La situación era muy grave. Sospechaba que Zafir no pensaba dejarla impune por haber traspasado su propiedad. Era el hijo mayor de la familia que gobernaba el reino de Zachariah y, por tanto, no solo era un hombre importante, sino también poderoso. Además, ella sabía que si su motivo no hubiera sido comunicarle que tenía un hijo suyo, un heredero, nunca habría intentando verlo de nuevo.

–Debería llevarla a la residencia para poder curarle el tobillo –añadió el doctor.

–Iré a buscar la camilla, Alteza –propuso el guarda de seguridad que primero la había atendido.

–Eso no será necesario, Rashid –dijo Zafir–. Yo mismo llevaré a la señorita Carrick hasta la casa.

Darcy estuvo a punto de quejarse acerca de que la tratara como si fuera un paquete. En otros momentos, cuando había fantaseado con la idea de encontrarse de nuevo con Zafir y tener una conversación acerca de lo que había pasado en realidad, era algo completamente distinto. El hombre cálido y divertido para el que había trabajado y del que se había enamorado era una persona completamente distinta del frío desconocido que tenía delante.

Mordiéndose el labio inferior, Darcy murmuró:

–Creo que prefiero ir arrastrándome.

Darcy no estaba segura de si Zafir la había oído pero, al instante, él la había tomado en brazos.

–Espero que no tengas un cómplice en esta aventura. Si lo tenías, está claro que ya se ha ido. Quizá descubrió que no eras tan encantadora como parecías y aprovechó la primera oportunidad para marcharse.

Darcy decidió no contestar a su comentario y tragarse el dolor que le producía que él pensara que había estado con otro hombre y que la había abandonado.

Sin más preámbulos, él se dirigió hacia la casa con el doctor. Rashid los siguió desde atrás, atento por si surgía algún otro imprevisto.

Darcy no pudo evitar pensar en lo íntimo que resultaba estar entre los brazos de Zafir, a pesar de que sabía que él no sentía lo mismo.

Zafir tenía el corazón muy acelerado cuando dejó a Darcy sobre el sofá del estudio. Ni siquiera en sus sueños más salvajes había pensado en que tendría la oportunidad de volver a abrazarla de esa manera. Cuatro años atrás, cuando él la hizo desaparecer de su vida, prometió que ni siquiera volvería a pensar en ella. Sin embargo, siempre había sabido que estaba mintiendo. Le gustara o no, la imagen del rostro de aquella bella mujer estaba grabada en su corazón. Y al ver la mirada de sus ojos azules, se percató de que todavía tenían la capacidad de cautivarlo.

No obstante, sería idiota si se olvidara por un instante de que aquella mujer lo había traicionado.

Si su relación hubiera progresado, él le habría dado todo, aparte de amor eterno y fidelidad, pero ella lo había estropeado todo al tontear a sus espaldas y tratar de encandilar a su hermano.

Su comportamiento había sido inexplicable. Era evidente que para ella, la fidelidad no era más que un juego. Con aquella cara angelical y sus armas de mujer, podía salirse con la suya con cualquier hombre. Xavier, el hermano de Zafir, le había advertido más de una vez de lo que ella era capaz, aunque Zafir sabía que a su hermano le gustaba alterar la verdad de vez en cuando.

No obstante, ¿cómo no iba a creerse lo que había visto con su propios ojos?

Tras aquel incidente, Xavier no perdió el tiempo para darle detalles acerca de cómo era Darcy en realidad, y le contó que había visto cómo funcionaba Darcy en el banco que su familia poseía antes de que Zafir pasara a convertirse en el director de la sucursal de Londres.

La escena que había presenciado puso fin a todas sus esperanzas. Se había encontrado a Darcy dándose un abrazo apasionado con su hermano Xavier.

Al verlo entrar en la habitación, ella negó que hubiera hecho algo malo. Insistió en que estaba tratando de librarse de Xavier, en lugar de abrazándolo de forma voluntaria. Que el hermano de Zafir la estaba molestando, que llevaba meses haciéndolo y que debería ser él quien fuera castigado.

–Dígale a la doncella que traiga algo de beber para mi visita inesperada –le dijo Zafir a Rashid, sin perder de vista a Darcy–. ¿Qué prefiere, señorita Carrick? ¿Té o café?

–Nada.

Zafir se percató de que la mirada de Darcy transmitía nerviosismo y, curiosamente, se sintió molesto por ello. ¿Estaba preocupada por si llamaba a la policía y la acusaba de violación contra la propiedad? No tenía motivo alguno para no hacerlo. Daba igual lo que hubiera pasado entre ellos en el pasado, no tenía ninguna deuda hacia ella.

–Solo quiero saber qué piensas hacer respecto a todo esto –dijo ella, con nerviosismo.

–Perdone que interrumpa, Alteza –intervino el doctor Eden antes de acercarse al sofá donde Darcy estaba acostada–. Al margen de lo que decida hacer, le aconsejo que primero llevemos a la señorita Carrick al hospital para que puedan hacerle una radiografía.

Zafir asintió y sacó el teléfono móvil del bolsillo interior de la túnica árabe que llevaba. Marcó el número de teléfono directo de uno de los mejores hospitales de Londres y pidió una ambulancia. Darcy estaba sonrosada y apenas podía mantener los ojos abiertos. Cabía la posibilidad de que se desmayara.

–Doctor Eden, he de pedirle que tome la temperatura de la señorita Carrick. Me da la sensación de que no se encuentra nada bien.

–No se preocupe, Alteza –lo tranquilizó el doctor–. Es normal que una persona se sienta débil tras un accidente, pero estaré encantado de hacer lo que me pide.

–Bien.

Poco tiempo después, Zafir se sintió más tranquilo al ver que Darcy no tenía fiebre. Mientras esperaban la ambulancia, Darcy permaneció en silencio, perdida en su pensamiento.

Él no tenía ni idea de en qué estaba pensando. Tiempo atrás no habría tenido ni que preguntárselo. Sus pensamientos habían llegado a estar muy sincronizados, como los de unos enamorados, pero él todavía albergaba el dolor de su traición como si tuviera una herida abierta que no se iba a curar nunca.

El sonido de la sirena de la ambulancia inundó la habitación. Zafir se apresuró hacia la puerta y Rashid lo acompañó.

–Cuide de la señorita Carrick. ¡No la pierda de vista! –le ordenó al doctor gritando por encima del hombro.

–¿Qué crees que voy a hacer? ¿Un truco de magia para desaparecer? Ojalá –masculló Darcy con sarcasmo.

Zafir no perdió tiempo en contestar. Cuando los hombres que estaban en la puerta se presentaron, Zafir los guio hasta el estudio. Darcy tenía la cabeza apoyada en el sofá, y aunque se notaba que estaba más relajada después del accidente, no podía ocultar que estaba preocupada.

Igual que Zafir. No tenía ni idea de qué consecuencias podía tener el hecho de que ella se hubiera caído del muro del jardín, ni que hubiera reaparecido en su vida de forma repentina. En realidad, seguía sorprendido de volverla a ver, y no había decidido si denunciarla o no. La mayor parte de las personas de su círculo no habrían dudado en hacerlo.

¿Es que no había aprendido que no podía confiar en ella?

No era más que una oportunista... Jezabel.

Tratando de no pensar más en ello, ordenó al médico de la ambulancia que hiciera lo que fuera necesario y se la llevaran al hospital.

Darcy iba vestida con unos pantalones vaqueros, un jersey de lana y una chaqueta color mostaza. Mientras la colocaban en la camilla, Zafir observó que estaba más delgada que la última vez que la vio. ¿Habría comido de manera adecuada?

Recordaba que Darcy solía perder el apetito cuando estaba nerviosa y, aunque sabía que no debería importarle si había algo que la inquietaba, puesto que Darcy no significaba nada para él, comentó:

—Yo la acompañaré al hospital.

—Por supuesto, Alteza —contestó el médico—. Solo para tranquilizarlo, creo que va a ser un procedimiento sencillo. La joven se pondrá bien enseguida... Ya lo verá.

Era un hombre regordete y con cara afable, de unos cuarenta y tantos años y, curiosamente, al oír sus palabras, Zafir se tranquilizó, al menos por un par de minutos.

Una vez en el hospital, los médicos metieron a Darcy en la sala de curas. Zafir entró con ella y el doctor Eden los esperó fuera.

Darcy seguía inquieta por lo ocurrido. El olor a hospital la ponía nerviosa, y la presencia de Zafir mucho más. Sin embargo, lo que más le preocupaba era su hijo. Sami se había quedado a cargo de su madre durante el día pero, ¿y si necesitaba quedarse una noche en el hospital?

Darcy nunca le había contado a su madre quién era el padre de Sami, así que pensó cómo se lo diría para no ponerla muy nerviosa. Sabía que su madre pensaría que se había vuelto loca cuando le contara que había escalado el muro de la residencia del jeque para poder hablar con él. Y sobre todo cuando lo que había conseguido era torcerse un tobillo.

«¿Merecía la pena?», sabía que le preguntaría su madre–. «Podrías haber concertado una cita con él. ¡Mira cómo has terminado!»

Y eso sería antes de que le contara a su madre que su exjefe se había puesto furioso al verla, sin que todavía le hubiera dicho a él que la había dejado embarazada y que tenía un hijo suyo.

Teniendo en cuenta que estaba comprometido

para casarse, la noticia no sería bien recibida. ¿Y cuáles serían las consecuencias para ella? ¿Y si él le pedía la custodia de Sami? ¿O si quería llevarlo a Zachariah, alejado de ella y de todo lo que había vivido durante sus cuatro años de vida? Eso sería impensable.

Capítulo 2

A DARCY le colocaron una férula alrededor del tobillo. Por fortuna, no tenía ningún hueso roto, pero necesitaría tres semanas de reposo para recuperarse de la torcedura de ligamentos que se había hecho. Además, querían que pasara una noche en el hospital para poder hacer un seguimiento de su evolución.

Eso era lo que más le preocupaba. Estaba en un hospital privado y no había manera de que pudiera costeárselo. Necesitaba regresar a casa.

Zafir había entrado a la consulta con el doctor y ella estaba impaciente por hablar con él. La tensión que sentía era casi insoportable. Cuando él regresó, el ambiente se llenó con su presencia. Ni Rashid ni el doctor Eden estaban con él.

La presencia de Zafir la pilló desprevenida. Era muy atractivo. Magnífico. Al instante, Darcy notó que se le aceleraba el corazón. Se sentía un poco intimidada y el instinto le decía que quizá no era el mejor momento para contarle lo de Sami, a pesar de que era el motivo por el que había ido hasta su casa.

Sin pensarlo, estiró la mano para agarrar la de Zafir.

–No puedo pasar aquí la noche, Zafir. Tengo que irme a casa. Allí... Tengo algo importante que hacer.

Asombrado, él miró la mano delicada sobre la suya, sin poder creer que fuera la de Darcy. Segundos después la miró fijamente y preguntó:

–¿Qué es lo que es tan importante? –inquirió él–. ¿Quieres informar a tu cómplice de que no tuviste éxito entrando en mi casa? ¿Es eso lo que tienes que hacer, Darcy? ¿Tendrás consecuencias si no llegas a casa esta noche?

Ella se sonrojó y retiró la mano.

–Por favor... Te lo vuelvo a repetir, no intentaba entrar en tu casa para nada malo, y no tengo ningún cómplice. ¿Crees que estoy tan desesperada y que me volví tan vengativa después de que me despidieras que me arriesgaría a entrar en tu casa sabiendo que estabas allí?

–No puedo saber lo que estarías dispuesta a hacer, Darcy. Hubo un tiempo en que pensé que te conocía bien –añadió–, pero es evidente que estaba equivocado. En cuanto al motivo por el que entraste en mi residencia de esa manera... Soy Su Alteza Real Jeque Zafir el-Kalil de Zachariah, y mi riqueza puede provocar intereses no del todo inocentes.

Era evidente que él seguía considerándola una mentirosa cuando lo único que había hecho era serle fiel, y a Darcy le resultaba difícil encajar sus palabras. De pronto, se percató de una parte de su significado y dijo:

–Acabo de darme cuenta... Ese era el título de tu

padre ¿no es así? Quiero decir, él era el jeque de Zachariah ¿no? ¿Quieres decir que ha fallecido y que ahora eres tú el...?

–El jeque del país... Sí, lo soy.

La expresión de su rostro era indescifrable. ¿Todavía penaba por la muerte de su padre? Seguramente. Darcy sabía que padre e hijo habían estado muy unidos.

Darcy sintió lástima por él. Ella sabía muy bien lo que era perder un padre. Y Zafir le había contado lo mucho que quería y admiraba a su padre, y que esperaba que algún día él pudiera mostrar la misma sabiduría que él.

–Lo siento... Siento que haya fallecido –añadió ella.

Durante un instante pareció que la desconfianza que mostraba su mirada había disminuido. Sin embargo, su expresión se volvió de piedra enseguida y Darcy volvió a la realidad de inmediato.

Alzando la barbilla, él comentó:

–Como te iba diciendo, mi cargo llama la atención de la gente y no toda atención es bienvenida. Soy consciente de que aquellas personas sin escrúpulos pueden tratar de robarme de vez en cuando.

–Yo no soy de esas personas. Y no hay nada que desee tanto como para poder robárselo a alguien... Desde luego, nada material. Si no puedo comprarlo, me olvido de ello.

–Entonces, ¿a qué se debe tu urgencia para verme? El motivo de todos los mensajes que dices que dejaste en mi despacho... Mensajes que nunca he recibido.

–Quiero hablar de ello en privado. En algún lugar donde podamos hablar con tranquilidad.

–Este lugar es bastante privado. Puede que no tengas otra oportunidad.

–¿Por qué? ¿Tanto me desprecias que no soportas la idea de volver a verme?

¿Era posible que algún hombre despreciara a una mujer como ella?

Zafir recordaba el día que ella entró en su despacho para trabajar como su asistente personal. Él le había pedido al gerente del banco que le contratara a una persona como asistente, y así tendría una cosa menos que hacer cuando llegara de Zachariah. El gerente le había asegurado que Darcy era una de las mejores secretarias que el banco tenía contratadas, y después de leer sus credenciales, Zafir aceptó la propuesta.

Nada más conocerla, Zafir había sentido que su corazón se llenaba de placer. Su belleza era etérea y...

Al instante, olvidó todo los planes de trabajo y la apretada agenda que tenía diseñada para ella y solo pudo pensar en lo maravilloso que sería seducirla.

Nunca había deseado a una mujer tanto como había deseado a Darcy. Su melena dorada y su bonita silueta lo cautivaron desde un primer momento. Y no fue solo eso. A medida que empezó a conocerla, se percató de que tenía muchas otras cualidades admirables. Era una mujer amable y generosa que siempre tenía una sonrisa disponible, pasara lo que pasara.

Una semana más tarde, después de haberse acostumbrado a pedirle que acudiera a su despacho en más ocasiones de las necesarias, con la excusa de revisar una correspondencia importante, él supo que se estaba enamorando de ella...

–No te desprecio –dijo él, mirándola a los ojos–. ¿Qué quieres contarme? Puedes contármelo ahora.

Suspirando, se sentó junto a ella en la cama con cuidado de no moverle el tobillo que tenía en alto.

Ella lo miró sorprendida, pero rápidamente comenzó a hablar.

–Está bien. Después de que me despidieras... Descubrí que estaba embarazada.

De pronto, Zafir percibió un silencio ensordecedor en su cabeza y, durante un instante, pensó que estaba soñando. ¿Cómo era posible que se hubiera quedado embarazada? Él siempre se había asegurado de protegerla.

Se sentía furioso.

–¿Me estás gastando una broma pesada, Darcy? Siempre me preocupé de protegerte para que eso no pasara. Si te quedaste embarazada, el bebé podía haber sido mío. ¿Tratas de decirme que era de mi hermano?

La idea hizo que sintiera náuseas.

–Sé que no me estimas demasiado, pero esa es una acusación terrible. El hijo que tengo es tuyo, Zafir... Es tu hijo. La primera vez que nos acostamos no fuimos tan cuidadosos como debíamos. Yo había empezado a tomar la píldora, pero no había pasado tiempo suficiente antes de que... Antes de que pasáramos la noche juntos. Aunque lo habíamos planeado, todo sucedió muy deprisa ¿no te acuerdas? Apenas podíamos contener nuestros sentimientos.

Quería decir que no pudieron evitar acariciarse.

En ese momento, el recuerdo provocó que él se sintiera débil a causa de la nostalgia. Y en el fondo, era consciente de que como el deseo había sido tan poderoso y apremiante, él no había sido tan cuidadoso con los medios anticonceptivos como debería.

La noche que mantuvieron relaciones íntimas por primera vez él la había llevado a uno de los mejores hoteles de Londres. Solo habían pasado allí una noche, pero Zafir se había asegurado de que fuera una noche inolvidable para ella. Había pedido que cubrieran la cama con pétalos de rosa y que perfumaran la habitación con un perfume especial que él había llevado de Zachariah. Él había estado dispuesto a hacer todo lo posible para que Darcy se sintiera el centro de su universo, y demostrarle que él estaba entregado a su felicidad.

Más tarde, cuando él descubrió que ella le había sido infiel, la esperanza de compartir un futuro feliz a su lado se desvaneció de golpe. Y eso que incluso había estado a punto de ir contra la tradición para poder convertirla en su esposa.

Y ese día, Darcy había ido hasta allí para decirle que aquella noche la había dejado embarazada...

Zafir se alegraba de estar sentado. Se sentía como si estuviera en medio de una fuerte tormenta y corriera el riesgo de caerse por mucho que intentara mantenerse de pie. No era la primera vez que pensaba que quizá había cometido un gran error al dejarla marchar, pero al conocer las malditas consecuencias de aquella decisión necesitaba asimilar la idea de que era posible que se hubiera convertido en padre. Si era verdad, tenía un heredero.

Su mayor deseo se había convertido en realidad y él ni siquiera se había enterado. ¿Era cierto que él era el padre del hijo de Darcy? ¿Cómo era posible que hubiera sido tan estúpido como para despedirla?

–¿De veras fui tan irresponsable como para no usar preservativo la primera vez que hicimos el amor?

Darcy se sonrojó.

–Estábamos tan ardientes de deseo que creo que ninguno de los dos tuvo tiempo de pensar mucho... Y menos de ser sensatos.

Al recordarlo, Zafir notó que una ola de calor lo invadía por dentro. Nadie podía excitarlo tanto como ella lo había excitado.

–¿Tienes idea de lo que tener un hijo significa para alguien con mi cargo? Significa que la dinastía de mis antepasados continuará. Nada puede ser más satisfactorio que eso.

No podía dejar de pensar en las implicaciones que tendría la noticia y en cómo afectaría no solo a su vida y a la de su familia, sino a todos los habitantes de Zachariah.

–Me alegro de que sea importante para ti. Entonces, ¿estoy en lo cierto al pensar que quieres involucrarte en la vida de nuestro hijo?

–Si es mi hijo, por supuesto que quiero estar implicado en su vida. ¿No has oído lo que acabo de decir?

–Pero... –Darcy se sonrojó de nuevo–. ¿Qué hay de tu prometida? ¿No tendrá algo que decir acerca de las decisiones que tomes al respecto? No hay duda de que se llevará una gran sorpresa al enterarse de que tienes un hijo con otra mujer.

Percatándose de que apenas había pensado en su prometida desde que había vuelto a encontrarse con Darcy, Zafir supo que tenía que evitar casarse con una mujer a la que no amaba y a la que nunca tendría oportunidad de amar. De hecho, la idea de romper el compromiso le resultaba bienvenida.

Farrida provenía de una poderosa familia árabe y se conocían desde hacía años. Era una de las mujeres más bellas del reino, y debido a que siempre había sido una niña mimada, solo era capaz de pensar en sí misma.

Zafir había aceptado el matrimonio porque, tal y como le recordaba su madre a menudo, tarde o temprano tendría que engendrar un heredero. Necesitaba cumplir con su deber y su unión con Farrida sería considerada muy ventajosa para ambas familias.

–¿Por qué no dejas que yo me ocupe de eso y te concentras en recuperarte del tobillo? –preguntó él.

–Has de saber que me preocupa que contraigas matrimonio, puesto que tendrá consecuencias para mí y para mi hijo. He recorrido un duro camino para criar a Sami. Mi madre me ha ayudado a cuidarlo para que yo pudiera trabajar y ganar el dinero que necesitamos para vivir. No voy a negarte que sería de gran ayuda tener tu apoyo, pero no quiero arriesgarme a perder a Sami si decides luchar por la custodia compartida. ¿Aceptarás que él siga viviendo conmigo? Cuando hablas de continuar con la dinastía, me preocupas. He querido contarte lo de nuestro hijo durante mucho tiempo, pero ya te he dicho que no conseguí contactar contigo. Cuando leí que ibas a casarte supe que era muy importante que supieras la noticia.

–Y Sami... tiene cuatro años ¿no?

–Sí.

Darcy vio que el rostro de Zafir se suavizaba por unos instantes mientras él la observaba. Siempre le había fascinado su cabello dorado, y recordaba cómo le gustaba acariciárselo.

Decidió que sería mejor retomar un tono menos amistoso.

–Confieso que todavía me cuesta creerme todo esto, Darcy. Tengo muchos motivos para no creerte, ¿recuerdas?

Su comentario provocó que Darcy se estremeciera. Era evidente que todavía desconfiaba de ella.

–Nunca te he mentido. Sé que no me crees, pero es cierto. No fuiste el único que sufrió con lo que pasó. No solo tuve que aguantar que pensaras que era una mentirosa, sino que además tuve que sufrir la humillación de que me despidieras de mi trabajo como si fuera una inútil. Lo que sucedió me hizo más daño de lo que te imaginas. Deja que regrese a casa, Zafir. Por favor. Tengo que regresar esta noche. Te doy mi palabra de que estaré allí cuando quieras hablar de los planes que impliquen a nuestro hijo.

Él la miró a los ojos un largo instante, pero ella

no encontró ni una muestra de tranquilidad en su mirada. Durante esos instantes, se sintió como si estuviera delante de un magistrado que estaba a punto de condenarla a cadena perpetua. ¿Habría algo que pudiera decir para conmoverlo?

–Da igual lo que sienta personalmente hacia este asunto... No puedo permitir que el hospital te dé el alta esta noche. Tendrás que quedarte aquí hasta mañana, cuando el doctor vuelva a reconocerte el tobillo. Después, si considero que han hecho todo lo posible para ayudarte en la recuperación, podrás marcharte. Eso sí, te aseguro que te pediré todos los detalles.

–¿Por qué? ¿Porque quieres ver a Sami o porque piensas denunciarme por haber violado tu propiedad?

Darcy tenía los ojos llenos de lágrimas.

Él la miró con frialdad.

–Para ver a mi hijo, por supuesto. No tengo intención de denunciarte ahora que sé el motivo por el que intentaste entrar en mi casa.

Darcy se secó las lágrimas con el dorso de la mano.

–De acuerdo, pero que sepas que no podré costearme pasar aquí la noche. No todos tenemos dinero para quemar como...

–¿Como yo? ¿Era eso lo que ibas a decir?

Encogiéndose de hombros, como si no le importara una pizca lo que ella pensara de él, Zafir comenzó a marcharse. De pronto, se detuvo y se volvió hacia ella.

–No tendrás que pagar esta factura, Darcy, yo la

pagaré, pero no dudes de que tendrás que recompensarme... de un modo o de otro.

Cuando se cerró la puerta de la habitación, ella echó la cabeza hacia atrás y permaneció mirando al techo. Ya no sentía casi dolor en el tobillo, pero no sabía cómo iba a contarle a su madre todo lo que había sucedido.

Y todo porque finalmente había decidido tomar cartas en el asunto y acudir a buscar a Zafir a su lujosa casa..

Aquella noche, después de haberse encontrado con Darcy otra vez, Zafir no fue capaz de dormir tranquilo. La magia de aquella mujer era imposible de resistir. Habían pasado cuatro años desde que la había visto por última vez y por fin se había hecho a la idea de que nunca la volvería a ver. Al parecer, el destino tenía otro planes. Si era verdad que él la había dejado embarazada, y realmente tenía un hijo heredero, toda su vida cambiaría.

Justo cuando estaba a punto de quedarse dormido recordó que ella le había dicho que también había sufrido mucho, más de lo que él imaginaba. De pronto, Zafir comprendió a qué se refería. Ella estaba embarazada cuando él la despidió del trabajo. Se sentía como un tirano cruel por haberla abandonado. Sin embargo, todavía no estaba seguro de que ella no le hubiera sido infiel con su hermano, y hasta que lo estuviera, esa idea sería como la espada de Damocles para él.

Zafir se levantó temprano y, nada más ducharse

y vestirse, le pidió al chófer que lo llevara hasta el hospital. Por un lado esperaba que Darcy hubiera encontrado la manera de escapar, a pesar de que Rashid se había quedado en la puerta de la habitación vigilándola, así que cuando la vio sentada en la cama del hospital se sintió aliviado.

–Ah, eres tú.

–Sí, soy yo –dijo él, sin sonreír–. ¿Has conseguido dormir algo esta noche?

–¿Te importa de veras?

–No seas niña.

–Solo quiero irme a casa.

Ella se retiró un mechón de pelo del rostro y miró a Zafir de forma desafiante.

Zafir negó con la cabeza.

–No irás a ningún sitio hasta que no hablemos con el médico. Además, antes de marcharte tendrás que darme tu teléfono y tu dirección.

Sus palabras parecían amenazadoras en lugar de tranquilizadoras. ¿No era suficiente que él le hubiera partido el corazón y provocado un daño irreversible?

Darcy no pudo evitar suspirar. El motivo por el que estaba decidida a enfrentarse a él era que tenían un hijo juntos. Y no debía olvidarlo.

–Ya te he dicho que te daré todos los datos. Quiero ofrecerte la posibilidad de que asumas tus responsabilidades, y supuse que querrías hacerlo. Sobre todo, quiero que mi hijo conozca a su padre y que tú lo conozcas a él y te sientas orgulloso.

Zafir frunció el ceño. A ella le pareció ver una sombra de sufrimiento y arrepentimiento en su mirada.

–A mí también me gustarían todas esas cosas –admitió él–, si es mi hijo de verdad.

Ella sintió un nudo en el estómago al ver que él no la creía todavía.

–En cualquier caso, mantendré el contacto contigo. Ahora iré a decirle a la enfermera que queremos hablar con el médico.

Darcy no tuvo más remedio que esperar. Confiaba en poder llamar a un taxi para irse a casa. No quería marcharse sintiéndose en deuda con Zafir. Una cosa era que él la apoyara en la crianza de Sami y otra que fuera él quien decidiera lo que ella podía o no podía hacer.

Cuando Zafir regresó, ella preguntó:

–¿Me darán el alta cuando me vea el médico?

–Pronto lo descubriremos. Una enfermera va a llevarte a la consulta.

Poco después, Darcy esperó con nerviosismo mientras el médico le reconocía el tobillo hinchado. Zafir estaba presente y ella vio que su mirada era como de acero.

¿Y si querían que se quedara allí otra noche? ¿Qué haría si eso sucediera? No podía marcharse sin más. Y no quería ni pensar en que su madre decidiera ir a visitarla. Si eso ocurría, tendría que llevar a Sami con ella. Era sábado y el pequeño no tenía colegio. Si Sami la veía en el hospital, se pondría nervioso.

–Bueno, señorita Carrick, su tobillo evoluciona según lo esperado. Aunque ahora resulte doloroso, el tobillo se curará bien si reposa y lo cuida como es debido. Ha de sentirse aliviada por no haberse roto ningún hueso, pero aún así, no podrá ir a trabajar durante algunos días.

–Gracias. Me alegro de que no sea tan grave como temía. Lo único que quiero hacer ahora es irme a casa.

–Es comprensible, pero primero tendrá que ir a ver a nuestra fisioterapeuta para que le dé unas pautas acerca de cómo caminar. Después de verla, podrá marcharse. Lo último que quiero decirle es que ha sido afortunada por el hecho de que la haya ayudado el Jeque de Zachariah en persona.

El doctor no fue capaz de disimular la curiosidad que sentía ante ese hecho y Zafir decidió intervenir.

–No es necesario que nos acompañe usted hasta la sala de fisioterapia, doctor Khan. Nos puede acompañar una enfermera.

–Como desee, Alteza.

El doctor sonrió, claramente dispuesto a complacer al jeque.

–No sé por qué se te ha ocurrido pensar que necesito una silla de ruedas, Zaf... Alteza –Darcy se sonrojó al ver que Rashid la miraba fijamente mientras aparcaba la silla de ruedas junto al coche negro de su jefe, y blasfemó en silencio contra el hecho de que Zafir hubiera insistido en que no se dirigiera a él por su nombre–. No es tan difícil moverse por ahí con unas muletas.

El jeque frunció el ceño y dijo.

–¿Por qué no me sorprende que digas tal cosa? No debería haber olvidado lo testaruda que puedes llegar a ser. Deja de quejarte y te ayudaré a entrar en el coche.

Sin más, abrió el cinturón de seguridad de la silla y, mientras Rashid sujetaba la puerta abierta, la tomó en brazos y la metió en el vehículo con cuidado. Después le abrochó el cinturón de seguridad, le pidió al guarda que se ocupara de las muletas y se sentó al lado de ella. Rashid se sentó en el asiento del copiloto.

Una vez más, Darcy percibió el aroma sensual que desprendía Zafir y se preguntó si alguien había registrado hasta qué punto llegaba a acelerarse el corazón de una mujer cuando el amor de su vida se comportaba como si estar a su lado fuera una penitencia.

Para tratar de calmarse, soltó:

–Cuando llegue a casa no hace falta que entres conmigo. Puedo manejarme bien con las muletas.

Zafir se volvió para mirarla.

–No malgastes saliva, Darcy. Escúchame. Da igual que intentes convencerme, no voy a disculparme por insistir en acompañarte. Sería negligente por mi parte llevarte a casa después de tu accidente y no asegurarme de que allí tienes todo lo que puedas necesitar.

Darcy notó que su corazón se aceleraba de nuevo, pero por otro motivo. Zafir iba a conocer a su hijo por primera vez. ¿Qué le diría? ¿Qué haría? Sami era un niño sensible y era probable que la presencia de Zafir le resultara abrumadora si no lo preparaba primero. ¿Cómo diablos iba Darcy a solucionar aquello?

Capítulo 3

DARCY había temido el momento en que Zafir conociera a su hijo y, al mismo tiempo, lo había deseado, por tanto le costaba creer que por fin iba a suceder. Sin embargo, cuando el coche se detuvo frente a la casa modesta donde ella vivía, su temor empezó a ser insoportable.

¿Y si él reclamaba la custodia de Sami para castigarla por no haberle comunicado que estaba embarazada desde un principio? Él era un hombre poderoso con acceso a los mejores abogados del mundo. ¿Qué podría evitar que él la demandara?

Darcy se humedeció los labios y lo miró a los ojos.

—No tienes que llevarme dentro de la casa —dijo ella—. Puedo ir en silla de ruedas.

—Bien.

Durante unos segundos, él parecía distraído, pero ella sabía que no podía dejarse engañar por una aparente sensación de ternura hacia ella. Y menos cuando él estaba convencido de que ella le había hecho daño.

Rashid permaneció junto al coche a la espera de cualquier señal de su jefe y observó mientras Su

Alteza llevaba a Darcy en silla de ruedas hasta la puerta.

Darcy sentía náuseas. Aquel hombre ya no era su jefe, ni su amante, sino una persona desconocida y una seria amenaza para lo que más quería. Rápidamente, metió la mano en el bolsillo y sacó la llave.

–No hace falta que llames al timbre. Tengo mi llave.

–Entonces, dámela para que podamos entrar. ¿Habrá alguien que pueda ayudarte mientras se te cura el tobillo?

Ella le entregó la llave y no contestó. Al instante, él la guio por el recibidor. El único sonido que había en la casa era el tic tac del reloj. Por lo demás, la casa estaba en silencio.

–Sami y yo vivimos con mi madre, pero creo que han salido.

–Con eso ¿entiendo que no tienes marido? –preguntó él, colocándose delante de ella con los brazos cruzados.

–No –¿cómo iba a decirle que solo había deseado un hombre como marido y que era él?–. No hay nadie en mi vida aparte de Sami y mi madre.

–No puedo fingir que eso me entristece –dijo él, mirándola fijamente–. Si tuvieras una relación sentimental complicaría las cosas.

Consciente del significado de sus palabras, ella agarró con fuerza la silla de ruedas.

–Igual que pasará cuando te cases con la mujer con la que estás comprometido –dijo ella, alzando la barbilla–. Si Sami va a vivir contigo en un futuro, te confieso que no me gusta la idea de que viva con alguien que ni siquiera conozco. ¿Cómo es ella?

–Se llama Farrida. Pertenece a una importante familia de Zachariah y su belleza e intelecto son admirables. Nos conocemos desde que éramos niños.

–¿Es una mujer amable? Supongo que lo que te pregunto en realidad es ¿le gustan los niños? ¿Y...? ¿La quieres?

Zafir le echó una mirada incómoda, como si el tema le aburriera y le molestara.

–En cuanto a si le gustan los niños, ella sabe que se espera que tengamos herederos. Somos una pareja de conveniencia. Los matrimonios así son una práctica común entre las familias poderosas de mi país. Nuestro destino siempre ha sido casarnos con alguien que venga de la misma clase social y con un pasado similar.

–¿Quieres decir que no puedes elegir con quién te quieres casar?

–Mi madre no insistiría si la mujer elegida no me gustara.

–¿Qué quieres decir?

Él suspiró con impaciencia.

–Seguro que tú, entre todas las mujeres, debes saber qué quiero decir. ¿Te has olvidado tan rápido de lo que hubo entre nosotros?

El comentario provocó que Darcy sintiera un nudo en la garganta.

–¿Podrías traerme un poco de agua? La cocina está por esa puerta.

Mirándola con preocupación, Zafir salió del salón y apareció momentos más tarde con un vaso de agua.

–¿Quieres tu medicación? La tengo aquí.

Le entregó los analgésicos junto al vaso de agua.

–Gracias –Darcy sacó un par de cápsulas del blister y se las tragó con un poco de agua–. Mucho mejor –añadió después para romper el silencio.

–Aunque ya no seamos amantes –dijo Zafir de pronto–. Si elijo no casarme con Farrida y se demuestra que Sami es hijo mío, habrá una manera de que puedas compensarme por no haberme dicho que esperabas un hijo mío cuando te marchaste del banco.

–¿Quieres decir cuando fui obligada a marcharme?

Zafir la miró fijamente a los ojos.

–Esta conversación la mantendremos más tarde, no ahora. Respecto a tu compensación... tengo la solución. Quiero que sustituyas a Farrida y te conviertas en mi esposa.

–¿Qué? No puedes hablar en serio.

Zafir le retiró el vaso de agua y lo dejó sobre una estantería cercana. Cuando se volvió de nuevo, añadió:

–Una esposa de conveniencia vale lo mismo que cualquier otra. Excepto que tú tienes una cosa importante a tu favor, Darcy. Al parecer ya me has dado al heredero.

Ella hizo una mueca como si hubiera recibido un golpe, pero sabía que él no mostraría arrepentimiento alguno por decir las cosas con tanta claridad. Y estaba en lo cierto. Lo único que se percibía en su mirada era cierta burla intimidatoria que indicaba que no tenía sentido discutir.

Tratando de mantener la calma, Darcy preguntó:

–¿De veras crees que me casaría contigo después de lo que pasó entre nosotros? Nuestra relación no funcionó porque no confiaste en mí, Zafir. Creíste las mentiras despreciables de tu hermano y no quisiste creer que el incidente del despacho fue una emboscada pensada para desacreditarme. Nunca me diste la oportunidad de contarte lo difíciles que me ponía las cosas en el trabajo. ¡Directamente me consideraste una mujer infiel! –respiró hondo y continuó–. Xavier había estado acosándome durante meses. Cada vez se sentía más frustrado por mi falta de interés en él, y quería hacerme pagar por ello.

En ese momento la sensación de abandono y la pena que había sentido durante todos esos años se desbordaron. Era como si estuviera en medio de una tormenta y no pudiera evitar ahogarse... Lo único que podía hacer era confiar en que terminara pronto y que su vida regresara a la normalidad.

–Entonces, me despediste de forma despiadada.

–¿Esperas que me crea todo eso?

–No cuento mentiras, y menos cuando se trata de algo tan importante como esto. Sami es tu hijo, Zafir. ¿Piensas castigarme más de lo que ya me has castigado por contarte la verdad?

Ella ya era consciente de que la noticia de que tenía un hijo cambiaría por completo la vida de Zafir. Él le había contado en varias ocasiones lo importante que era tener un heredero en su cultura.

–La primera noche hicimos el amor y yo acababa de empezar a tomar la píldora. No estaba protegida y, si lo recuerdas, tú tampoco empleaste protección.

–¿Y no consideraste la opción de abortar?

–Jamás habría hecho tal cosa.

–¿Por qué no? ¿No es una práctica habitual en occidente? ¿El coste de haberlo pasado bien y no pagar por ello?

Ella puso una mueca.

–En mi experiencia, ninguna mujer toma esa decisión a la ligera. Personalmente, yo creo que la vida es algo demasiado precioso como para destruirla.

–Yo también –dijo él, frunciendo el ceño–. Sin embargo, es probable que me estés contando otra mentira. Seguro que no soy el único hombre con el que has mantenido relaciones. Te olvidas acerca de los rumores que hablaban acerca de cómo te relacionabas con los hombres del banco. Incluso con mi propio hermano.

–¿Y te has molestado en comprobar alguna de esas acusaciones en lugar de creer que son ciertas sin más? Y solo porque tu hermano es quien es, no significa que puedas confiar en él. Xavier miente igual que respira, y creerlo no te hace ningún favor.

–¡Basta!

Furioso, Zafir se acercó a ella con el puño cerrado. Darcy se percató de que verdaderamente lo había ofendido.

En esos momentos, ella deseaba morir. Ninguna mujer podría soportar su situación en una relación y esperar que las cosas cambiaran a mejor.

Afortunadamente, Zafir fue capaz de no perder el control.

–Sea cual sea el resultado de este encuentro, puedes estar segura de una cosa...

Él no fue capaz de terminar la frase, pero ella se quedó con la sensación de que no era algo bueno. En esos momentos, oyó que metían la llave en la cerradura y la risa de un niño.

Su familia había regresado.

–Ha llegado mi madre con Sami.

–¿Qué?

Ella guio la silla de ruedas hacia la puerta del salón.

–¡Mamá, has vuelto! ¿Te encuentras mejor? –preguntó el pequeño al verla.

–Mucho mejor, cariño, y más ahora que te veo –abrazó con fuerza al niño de rizos dorados y ojos marrones. Lo besó en la cabeza e inhaló el aroma de su piel. Durante un instante se olvidó de que Zafir estaba allí. Toda su vida iba bien porque su hijo estaba en casa.

–Nanny me ha comprado una pelota de fútbol, mamá. Es del Chelsea –le mostró la bolsa que llevaba en la mano con entusiasmo. Después, miró por detrás de su madre y vio a Zafir. Se puso tenso. El físico y el atuendo que llevaba aquel hombre intimidó al pequeño.

–¿Tú quién eres? –preguntó Sami dando un paso atrás.

Darcy maniobró con la silla de ruedas para poder ver la cara de su examante al contestar.

En ese momento, Patricia, se agachó para susurrarle a su hija:

–¿Estás bien, cariño? No he visto ninguna ambulancia en la puerta. ¿Cómo has llegado a casa?

–Me ha traído este caballero –murmuró Darcy–. Yo trabajé para él. Hace poco nos encontramos de nuevo y me ha traído del hospital.

Confiaba en que aquello fuera suficiente por el momento. Miró a Zafir con nerviosismo y esperó a ver qué decía él.

Zafir se acuclilló y se dirigió al niño con cariño.

–¿Te llamas Sami?

Era evidente que Sami estaba fascinado con él.

–Sí.

–Es un nombre bonito, y te queda muy bien.

–Es el segundo nombre de mi padre, y el de mi abuelo, pero yo nunca los he conocido.

–Estoy seguro de que estarían muy orgullosos de ti si te conocieran.

Puesto que su padre había fallecido, no era posible que ese encuentro tuviera lugar, y Zafir sintió un instante de dolor al pensar en el hombre que había sido su padre, amigo y mentor. «Un rey entre reyes», solía decir su madre cuando hablaba de él.

Zafir miró al niño un instante. Se sentía como en un sueño, donde nada era real. ¿Podía ser su hijo de verdad? Una mezcla de emociones lo invadió por dentro. Duda, esperanza y alegría. El tipo de alegría que una persona solo experimenta una vez en la vida, y solo si es afortunada.

Con un nudo en el estómago, miró al niño unos instantes. Zafir no podía negar que le encontraba cierto parecido con él. Aunque tenía el cabello claro, sus ojos almendrados, su nariz recta y sus labios carnosos podían haber sido esculpidos por el mismo artista que había esculpido los suyos. Y si añadía la belleza etérea de su madre, el niño era excepcionalmente atractivo.

De pronto, recordó que Darcy estaba con ellos. Contemplar el resultado del encuentro apasionado que ambos habían compartido, era impresionante. Y si Sami era su hijo de verdad, las implicaciones que aquello tenía eran enormes.

¿Y cómo era posible que ella no hubiera encontrado la manera de darle la noticia de que estaba embarazada? Decía que le había dejado mensajes, pero él no había recibido ninguno.

Zafir sintió una fuerte presión en el pecho. Quizá podría haberle hecho llegar la noticia si hubiera querido, pero después de que él la hubiera rechazado y despedido de su trabajo, ella ya no podía confiar en él. ¿Cómo iba a hacerlo si él había creído la historia que su hermano le había contado y no la de ella?

Darcy había insistido en que Xavier había preparado la escena del despacho porque quería vengarse de que ella no le hacía caso. Ella le había contado que su hermano la había estado acosando durante semanas, y que ella no había tenido el valor de contárselo a Zafir. No porque fuera una cobarde, sino porque estaba en una situación delicada. ¿Cómo iba a acusar a Xavier de acoso sexual y esperar que la creyeran cuando pertenecía a una familia tan poderosa? No solo eso, sino que además trabajaba para ellos...

Zafir se encontró con uno de los peores dilemas de su vida y, no por primera vez, pensó que quizá había cometido un terrible error al acusar a Darcy. Sin embargo, tan pronto como pensó en esa posibilidad, supo que no debía precipitarse a la hora de sacar conclusiones.

Se obligaría a descubrir la verdad, y para ello insistiría en hacerse una prueba de paternidad. Si resultaba que él era el padre de ese niño, lo haría oficial y asumiría todas las responsabilidades. De momento, no permitiría que influyeran sus sentimientos, aunque su corazón le había dado un vuelco de alegría ante la idea de que por fin pudiera tener un hijo y heredero.

Se incorporó y miró a la mujer rubia que estaba en la silla de ruedas El color azul de sus ojos era como el del topacio, y su boca sensual le recordaba a lo maravilloso que había sido posar sus labios sobre ella. Nunca había conocido un placer igual.

La primera vez que Zafir vio a Darcy, pensó que era la criatura más encantadora que había visto nunca y la comparó con la princesa que aparecía en los cuentos árabes que le había contado su niñera cuando era niño. La leyenda decía que cuando esa princesa cautivaba a un hombre con su mirada, atrapaba para siempre su corazón y su alma.

De pronto, como si el silencio se hubiera prolongado demasiado, Darcy se volvió hacia la mujer mayor que estaba a su lado y la presentó.

–Por cierto, mamá, no te he presentado. Este es Su Alteza Real el Jeque Zafir el-Kalil de Zachariah

–hizo una pausa–. Alteza, esta es mi madre, Patricia Carrick.

–Es un honor para mí conocerla, señora Carrick –sonrió.

–Y este es un privilegio que nunca había imaginado, Alteza –su madre no pudo evitar hacer una pequeña reverencia.

La mujer estaba paralizada por la presencia de aquel hombre.

–Sé que hace algún tiempo Darcy trabajó para un banco árabe... De hecho, unos meses antes de tener a Sami.

Era como si Patricia hubiera quitado el seguro de una granada de mano. De pronto, la habitación quedó completamente en silencio. ¿Habría descubierto su madre quién era él? Si no lo había hecho, que lo hiciera era cuestión de tiempo.

Consciente de que lo último que quería era que hubiera una discusión, Darcy buscó la manera de cambiar de tema. Fingió un bostezo y puso voz de disculpa.

–Lo siento, mamá, pero estoy muy cansada y estoy segura de que Su Alteza ha de marcharse. Ha sido toda una aventura. Creo que iré a tumbarme enseguida, ¿podrías cuidar a Sami?

–Por supuesto, cariño. ¿Por qué no permites que me lo lleve al piso de arriba mientras despides a Su Alteza? Después puedes echarte una siesta.

–Gracias.

Zafir miró a la mujer mayor e hizo una reverencia.

–Ha sido un honor conocerla, señora Carrick.

–Lo mismo digo, Alteza.

Zafir colocó la mano sobre el hombro del pequeño y se inclinó hacia él con una sonrisa que provocó que a su madre se le detuviera el corazón.

–Ha sido un placer conocerte también, Sami. Espero que podamos vernos otra vez, pronto.

–¡Bien! –contestó el niño con una gran sonrisa como las que reservaba para Ben, su mejor amigo del colegio.

Darcy pensó que su hijo no solía confiar en nadie con facilidad. ¿Sería que de alguna manera se sentía unido al hombre que era su padre?

Mordiéndose el labio inferior, observó al pequeño correr hasta la escalera seguido por su abuela. Momentos después, oyó sus pasos en el dormitorio. Darcy estaba segura de que estaba deseando jugar con sus juguetes.

Capítulo 4

DARCY notó que Zafir observaba el pequeño jardín de la casa. Debía de considerarlo tremendamente pequeño comparado con su gran finca. De no haber sido por la lesión que se había hecho le habría costado creer que se había atrevido a subirse al muro de su jardín. «Está claro que la necesidad mueve al diablo», pensó.

–No hace falta que te quedes más tiempo –le dijo a Zafir.

–Ah, pero voy a quedarme –insistió él, y se volvió para mirarla–. Hay algunas cosas que tenemos que hablar.

–Creía que ya habíamos hablado casi todo.

–No juegues conmigo. Quiero una respuesta clara. ¿En aquellos momentos, era yo tu único amante?

Ella lo miró indignada.

–Me acusaste de acostarme con otros hombres porque habías oído rumores en la oficina. Entonces, era una gran mentira, y sigue siéndola. ¿Crees que querría volver a verte si no fuera por un motivo importante? Me hiciste mucho daño, Zafir, y me sorprende que siga siendo capaz de sostener la cabeza bien alta. El único motivo por el que he contactado contigo es Sami.

–Dijiste que intentaste contactar conmigo, pero ¿cuánto insististe?

Ella negó con la cabeza.

–Únicamente la persona que recibió mis llamadas y que se ocupa de tu correo podrá contestarte a eso.

–¿Estás diciendo que fue mi secretaria personal?

Darcy puso una mueca porque ese solía ser su trabajo.

–Supongo que fue ella, o quizá alguien que obedeció sus instrucciones –Darcy tragó saliva.

–Investigaré este asunto.

–No debería haber permitido que nuestra relación se volviera personal cuando empecé a trabajar contigo, por muy fuerte que fuera lo que sentía por ti en aquellos momentos. No me arrepiento porque gracias a eso tengo a mi hijo. Es lo único bueno que he sacado de ese terrible episodio. Ahora lo único que quiero es que tengamos un poco de paz y que nuestras vidas vuelvan a la normalidad.

–Entonces, deja que te diga esto –se acercó a ella y, sujetándose la túnica que llevaba sobre los pantalones vaqueros, se arrodilló frente a ella. Le cubrió la mano que ella tenía apoyada en el reposabrazos de la silla y continuó–: lo primero que voy a hacer mañana es ir a hacer una prueba de paternidad con Sami. Si se confirma que yo soy el padre, haré todo lo que será necesario hacer.

–¿A qué te refieres? –preguntó ella, boquiabierta.

–Informaré a mi familia de que tengo un hijo heredero y regresaré a Zachariah para presentárselo.

–Espera un momento, ¿de veras crees que voy a permitir que te marches con él del país? Te recuerdo que también es mi hijo, Zafir. Soy yo la que lo ha criado durante todos estos años.

–¿Y de quién es la culpa, *habibi*? –le agarró la mano con más fuerza–. Me dices que intentaste contactar conmigo, pero hasta que no compruebe que es cierto, solo sé que no sabía que tenía un hijo. Si la prueba de paternidad demuestra que Sami es de mi sangre, has de saber que habrá graves consecuencias.

–¿Me estás amenazando? En este país hay leyes que...

Darcy no tuvo oportunidad de terminar la frase porque él la sujetó por la cintura y la atrajo hacia sí para besarla de forma apasionada.

La primera vez que se vieron ambos ardían de deseo, pero entonces, ella solo había sucumbido tener una relación íntima con él porque se estaba enamorando.

La relación íntima había terminado en embarazo, pero ella nunca se había planteado abortar por el hecho de que su relación hubiera tenido un final desastroso. Desde un principio, Darcy había sentido que su destino era tener a ese niño.

No obstante, hasta ese momento nunca había sentido el sabor del castigo en sus labios. Era evidente que tenía que contener el deseo que se forjaba en su interior y encontrar la fuerza suficiente para separarse de él. Nunca olvidaría que aquel hombre la había traicionado al creer las mentiras que su hermano había contado sobre ella, y eso le había costado mucho más que la pérdida de su trabajo. ¿Cómo iba a confiar de nuevo en él?

Con los ojos llenos de lágrimas, Darcy miró aquel atractivo rostro árabe y, por un momento, supo que debía retirarse. La expresión de Zafir no mostraba ni una pizca de arrepentimiento. Al contrario, parecía furioso por el hecho de que ella se hubiera separado de él. Zafir respiraba de manera entrecortada, la miró y se limpió la boca con el dorso de la mano, como para borrar su sabor. Entonces, la dejó de nuevo sobre la silla de ruedas.

–No conseguirás seguir saliéndote con la tuya, Darcy. Ahora que he regresado a tu vida, las cosas van a cambiar. Mañana por la mañana vendré a recogeros para ir a la clínica. Entretanto, descansa todo lo posible y trata de recuperar fuerzas. No cierres la puerta principal cuando me vaya, voy traerte las muletas del coche.

–Te comportas como si ya supieras el resultado de la prueba de paternidad. Sin duda no pasarías por todos estos inconvenientes si tuvieras las más mínima sospecha de que no eres el padre de Sami...

–Cuando se trata de mujeres soy tan responsable como cualquier otro hombre de haber caído en la trampa de una mujer, y en este caso quiero asegurarme de que no van a llevarme por el mal camino. ¿Sabes lo importante que es tener un hijo para un gobernador en mi país? Somos un reino rico, pero pequeño, y si no procreamos corremos el riesgo de que nos invadan tribus más grandes de reinos cercanos. No puedo recalcarte más lo importante que es que me asegure de que lo que dices es cierto.

Sin más, salió de la casa. Darcy se estremeció al pensar en la gravedad de la situación. Si alguien le hubiera dicho algún día que Zafir reaparecería en su vida, habría pensado que estaban equivocados. Sin embargo, Zafir le había demostrado lo contrario. Todavía sentía los labios hinchados a causa del beso apasionado y no pudo evitar acariciárselos. Aunque sabía que todo lo sucedido era real, al verlo entrar de nuevo con las muletas bajo el brazo, pensó que estaba soñando otra vez.

–Las dejaré aquí en el sofá, así las tendrás a mano cuando necesites levantarte.

–Gracias.

–No podrás moverte demasiado durante algún tiempo, hasta que se te cure el tobillo. Estoy pensando en contratar a una enfermera durante ese tiempo.

–No será necesario. Mi madre está aquí conmigo, ¿recuerdas?

Zafir frunció el ceño.

–Ah, sí, vive contigo.

–Sí. Ella cuida de Sami cuando yo estoy trabajando, y se ocupará de todo hasta que yo me haya recuperado.

–Y puedo preguntarte... ¿Dónde trabajas ahora?

–Trabajo para una agencia de empleo temporal. Los trabajos son muy variados y eso me gusta.

También me da la flexibilidad que necesito para estar en casa cuando Sami está enfermo.

–Tan resolutiva como siempre, ya veo –la miró pensativo.

–No queda más remedio. Tengo que ganar dinero para vivir y pagar el alquiler.

–¿No eres propietaria de esta casa?

–¡Bromeas! Mi madre y yo la alquilamos juntas. ¿Tienes idea de cuánto tendría que pagar con una hipoteca? –se sonrojó al ver que se había puesto a la defensiva–. En cualquier caso, estoy muy cansada y necesito descansar. Te veré por la mañana.

Zafir asintió.

–Vendré a recogerte a las nueve y cuarto para asegurarnos de que llegamos a tiempo a la clínica. Te aconsejo que descanses y te acuestes pronto. ¿Dónde vas a dormir esta noche? ¿En el sofá?

–Sí, probablemente.

–Hagas lo que hagas, no subas las escaleras. ¿Tienes un aseo aquí abajo?

Darcy se sorprendió de que fuera tan consciente de sus necesidades.

–Sí, lo tengo.

–Bien. Entonces os veré mañana.

Mirándola por última vez, como para asegurarse de que podía confiar en ella, se volvió y se marchó.

A pesar de que todavía no había aclarado la situación, lo primero que pensó Zafir al llegar a casa fue en llamar a Farrida y decirle que su compromiso quedaba anulado.

Sabía que ella no se tomaría bien la noticia y que le echaría la bronca diciéndole todos los motivos por los que era un idiota por romper el compromiso. No solo porque sus familias querían que se casaran y tuvieran descendencia, sino porque nunca encontraría a otra mujer como ella.

Finalmente, Zafir decidió posponer la llamada hasta que tuviera los resultados de la prueba. Farrida podría esperar...

Esa noche, decidió jugar a las cartas con Rashid para distraerse. Sin embargo, le resultaba difícil concentrarse en el juego cuando su mente no hacía más que llevarlo hacia otros temas.

Al día siguiente podría averiguar el dato más importante de toda su vida, que era el padre de la criatura cuya existencia había descubierto el día anterior.

Aunque la idea de tener un hijo era maravillosa, el hecho de no haber conocido su existencia durante cuatro años le resultaba doloroso. ¿Era posible que Darcy hubiera retrasado darle la noticia porque la idea de verlo otra vez le resultaba repulsiva? ¿O quizá tenía miedo de lo que él pudiera hacer?

Zafir la había despedido porque la había encontrado entre los brazos de su hermano en el despacho. Sin embargo, después empezó a pensar que había cometido un gran error. ¿Por qué? Porque descubrió que Xavier disfrutaba de varias aventuras amorosas y, un año después de que Darcy se hubiera marchado, se enteró de que su hermano mantenía una relación íntima con una de las secretarias del banco. Una mujer casada.

Zafir le había ordenado que regresara a Zachariah como castigo, y que no regresara hasta que pudiera demostrar que había cambiado. No estaba dispuesto a permitir que mancillara el nombre de su familia. En su opinión, Xavier siempre había sido un niño mimado y ese era el resultado. A partir de entonces tendría que mostrar un comportamiento ejemplar y convertirse en un hombre del que su familia pudiera estar orgulloso, antes de que siquiera pudiera pensar en reclamar la generosa herencia que le había dejado su padre...

Al día siguiente, a las nueve y cuarto, Zafir detuvo el vehículo frente a la casa de Darcy. Ella había insistido en desplazarse con las muletas y Sami caminaba a su lado de forma protectora.

Zafir se sintió orgulloso de que el niño se estuviera comportando como un verdadero caballero a tan temprana edad. «Se podría decir que se le nota la sangre real», pensó sonriendo, y aunque estaba encantado con el niño, no podía evitar dejar de mirar a Darcy.

Ella iba vestida con un traje de chaqueta de color azul oscuro. La falda dejaba sus bonitas piernas al descubierto, pero fue su precioso rostro y la cola de caballo que llevaba lo que inevitablemente llamó su atención. Se había puesto un poco de maquillaje, pero no lo suficiente como para disimular que estaba muy pálida. ¿Estaría nerviosa por si el resultado de la prueba demostraba que él no era el padre de Sami?

Zafir intentó no pensar en ello. Cuando llegaron a la clínica, una enfermera los recibió en la puerta y los llevó hasta la habitación donde realizarían la prueba.

–¿Crees que nos llevará mucho tiempo? –preguntó ella, parándose un instante a respirar para continuar con el esfuerzo de caminar con muletas.

–¿Por qué? –preguntó él preocupado y apoyó la mano sobre su hombro–. ¿Llevas demasiado tiempo de pie? Puedo llevarte hasta la sala si quieres.

–No, estaré bien –forzó una sonrisa.

–¿Estás nerviosa por el resultado de la prueba?

–¿Por qué habría de estar nerviosa? Siempre he sabido la verdad, desde el primer día. Eres tú quien sospecha que puedo estar mintiendo.

Zafir retiró la mano y miró a Sami. Lo último que deseaba era que el pequeño le tuviera miedo, o que notara que había tensión entre su madre y él. Si la prueba desvelaba lo que él deseaba, confiaba en poder tener una buena relación con Sami. El mismo tipo de relación respetuosa que Zafir había mantenido con su padre.

–Alteza... Señorita Carrick... Acompáñeme y empezaremos la prueba de paternidad.

La enfermera los hizo pasar a una sala preparada para que los clientes se sintieran lo más relajados posible. Sin embargo, el olor a antiséptico invadía el ambiente y resultaba imposible disimularlo.

Cuando se sentaron, Zafir se fijó en que Darcy

evitaba mirarlo a los ojos. Ella estaba concentrada en su hijo. Entretanto, a medida que él intentaba lidiar contra el temor que sentía hacia el resultado de la prueba, notó que había perdido la capacidad de habla. Durante un par de minutos estuvo juguete-ando con el anillo grabado que llevaba. Por suerte, no tuvieron que esperar demasiado antes de que llegara el técnico de laboratorio. El hombre tomó las muestras de células frotándoles el interior de las mejillas con un bastoncillo de algodón. Después, guardó los bastoncillos en un recipiente y los selló con sus nombres.

–Ya está –dijo con tono animado–. Dentro de doce horas podré darles los resultados. Puede lla-marme a este número sobre las diez de la noche, Alteza.

Sacó una tarjeta del bolsillo y se la entregó a Zafir.

–¿Tienen alguna otra pregunta?

Zafir quería contestar que sí. ¿Cómo iban a espe-rar doce horas sin sufrir una tensión insoportable?

Como si les hubiera leído la mente, el técnico añadió:

–Entiendo que no. Como sabrán, Hyde Park no está muy lejos de aquí, por si les apetece darse un paseo. Hay un café que está bien para comer algo. También pueden dar de comer a los patos que están en el lago. Señorita Carrick, ¿tiene una silla de rue-das?

Darcy se aclaró la garganta y miró a Zafir un ins-tante.

–Su Alteza tiene una en el coche para mí.

–Bien. Entonces les sugiero que vayan a disfrutar del día e intenten no preocuparse.

Mientras Zafir manejaba la silla de ruedas, Sami iba agarrado de la mano de Darcy. Rashid los seguía a una distancia prudencial.

La idea de ir a dar un paseo por el parque había sido buena. El aire fresco y el olor a hierba mojada por la lluvia ayudaría a que mantuvieran el ánimo. Además, su precioso hijo iba caminando alegremente a su lado. Su padre, un hombre muy atractivo, manejaba la silla de ruedas, así que ella no podía desear nada más para pasar las horas hasta que se decidiera su futuro inmediato.

Se dirigieron hacia el lago y Sami corrió al ver la bandada de patos que se acercaba a la orilla.

–Mamá, ¡hay montones de patos! –exclamó entusiasmado.

Zafir le gritó:

–No te acerques demasiado al agua, Sami. Espéranos.

–Está bien... Pero yo quiero hablar con ellos, Alteza.

Zafir echó la cabeza hacia atrás y soltó una carcajada. El sonido de su risa provocó que a Darcy se le erizara la piel. Era tan agradable.

–¿Qué te parece tan divertido? –se volvió en la silla para preguntarle.

–Es tan educado... Has hecho un buen trabajo. ¿Quién le ha dicho que me llame Alteza? ¿Tú?

–No. Supongo que ha sido mi madre –sonrió ella–. O eso, o nos ha oído cuando te llamamos así.

–Lo repito, has hecho un gran trabajo, Darcy.

Durante un momento, ella se permitió deleitarse con la ternura que había en su mirada y estuvo a punto de olvidar que había un desacuerdo entre ellos. Aún así, sabía que no debía tener muchas esperanzas. Había muchas cosas pendientes de solucionar.

Justo cuando llegaban a la orilla del lago, una pareja de ancianos se acercó a ellos.

–¿Es vuestro hijo? –preguntó mirando a Sami, que estaba hablando con los patos–. Estoy segura de que sí. Se nota de quién ha heredado su atractivo. Es una mezcla de los dos, si no les importa que se lo diga. Por cierto, lleva un traje muy bonito, señor. ¿Trabaja en el teatro? –preguntó, mirando a Zafir con curiosidad.

Zafir miró a Darcy un momento y contestó:

–Me temo que me ha descubierto. Debería haberme cambiado al terminar el ensayo, pero mi hijo estaba deseando venir a dar de comer a los patos.

–Oh, cielos... ¿Le importa si le saco una foto?

Convencida de que su acompañante iba a negarse a que le sacaran la foto, Darcy se sorprendió cuando Zafir aceptó.

–¿Por qué no nos saca una a todos juntos? –sugirió él, y se colocó junto a Darcy rodeándola por los hombros. Después, llamó a Sami para que se acercara.

Después de hacerles algunas fotos, la pareja se despidió de ellos y Sami anunció que tenía hambre.

–Iremos al café para comer un sándwich. Podemos guardar un poco de pan para los patos –sugirió Zafir.

–¿Podemos tomar tarta también?

–Por supuesto.

–Bien –con una sonrisa, el niño se acercó a Zafir y le dio la mano como si fuera la cosa más natural del mundo... De hecho, parecía que llevara haciéndolo toda la vida.

Capítulo 5

S AMI se quedó dormido en el coche. Darcy también, mientras rodeaba con el brazo a su hijo, de manera protectora. Al observarlos, Zafir experimentó un sentimiento de idoneidad y, cuanto más los miraba, más fuerte lo sentía.

Aparte de cuando vio a aquella secretaria de ojos azules por primera vez, nunca había experimentado esa poderosa sensación de que algo importante estaba sucediendo... algo que no podía controlar. Algo que posiblemente podía cambiar su vida...

Siempre había sido un hombre inquieto, demasiado inquieto como para conformarse con las aspiraciones corrientes que tenían otros. Sin embargo, pertenecer a un linaje de la realeza implicaba que en algún momento tendría que casarse y tener hijos. Llevaba tiempo pensando en ello y su madre lo llamaba a menudo para recordárselo y preguntarle sobre su compromiso con Farrida. Ella era la última mujer en la que quería pensar en aquellos momentos...

Todavía sentía la necesidad de hacer cambios a favor de los menos afortunados, y seguiría haciéndolos en la medida que le fuera posible, pero mantener una relación amorosa y disfrutar de tener una familia se había convertido en la cosa más importante de todas. ¿Era posible que el reencuentro con Darcy hubiera hecho que la idea cobrara prioridad?

No había olvidado la aventura amorosa que habían compartido, y tampoco la había superado... Aquella época de su vida había sido increíble, y durante uno tiempo estuvo felizmente sumido en los sentimientos que experimentaba hacia ella. Si ella lo había traicionado con su hermano, tal y como él había pensado, no podría perdonarla con facilidad. Sin embargo, no podía negar que estaba desesperado por saber si el hijo de Darcy también era suyo.

De pronto, Darcy bostezó y se incorporó. Se le habían soltado algunos mechones de la coleta y el sol se los iluminaba a través de la ventana.

—¿Estamos cerca de casa?

Durante un instante, la mirada de sus ojos azules lo dejó paralizado. Era como mirar un precioso lago de montaña. El atractivo que lo había hipnotizado desde un principio no había disminuido ni una pizca. Incluso se había vuelto más cautivador.

Zafir respiró hondo y contestó:

—Estamos justo llegando a tu casa... Mira.

—Qué alivio.

—Debes estar cansada. Deja que te ayude.

—Me ayudarías más si pudieras llevar a Sami.

—Por supuesto.

Cuando llegaron al salón se encontraron con que la madre de Darcy los estaba esperando. Al ver a Zafir la madre sonrió con educación, pero rápidamente le recogió a Sami de los brazos.

–Estoy segura de que hoy Sami ha vivido demasiadas emociones, Alteza. Darcy me llamó y me
dijo que iban al parque. Lo subiré a su habitación y
le leeré un cuento. Si sigue durmiendo bajaré y pre-
pararé una taza de té.

Ambos quedaron en silencio cuando Patricia
desapareció por las escaleras. Era un silencio tenso.
Los dos se comportaban como si tuvieran miedo a
decir o a hacer algo equivocado.

Darcy se sentó en el sofá. Al ver que su acompañante se acercaba para retirarle las muletas y dejar-
las sobre una silla, se sintió agradecida, pero no
tanto al ver cómo el aroma de la colonia que él llevaba afectaba su cerebro. Además el tobillo le dolía
bastante y no podía evitar estar de mal humor.

–No es necesario que te quedes a tomar el té.
Los dos sabemos que este no es un encuentro entre
amigos. Mi madre solo trataba de ser educada...

–Y está claro que tú no necesitas lo mismo ¿no?
Ser educada, me refiero –se cruzó de brazos.

–Puedo ser educada, pero eso no significa que
tenga que comportarme como si me alegrara de que
estés aquí. Si no me hubiera caído en tu casa no
estaríamos teniendo esta conversación. En todo este
tiempo ni te has molestado en averiguar cómo estaba. Me despediste de un trabajo que me encan-
taba y seguramente ni perdiste el sueño preguntán-
dote cómo iba a sobrevivir. ¿Supongo que ni siquiera
se te ocurrió que podías haberme dejado embarazada?

Por fin le había dicho lo que le molestaba de
verdad.

Zafir la miró asombrado y cuando levantó la mano para pasársela por el cabello, le temblaba ligeramente.

–Ya que estamos con ese tema, ¿alguna vez se te ocurrió pensar en cómo debí sentirme yo cuando te encontré entre los brazos de mi hermano?

–Ya te lo dije en su momento, y también el otro día... ¡Todo fue una encerrona! Si realmente hubieses sentido algo por mí te habrías dado cuenta. Xavier llevaba acosándome durante semanas. Cuando entraste en el despacho, justo cuando él me agarró y me besó, supe que no habías visto su sonrisa triunfal. Ni siquiera me diste la oportunidad de contarte mi versión. Me condenaste. Fue como si lo que habíamos compartido no significara nada para ti.

El silencio que siguió a continuación hizo que Darcy se sintiera como si estuviera caminando descalza sobre cristales rotos...

Más tarde, la respuesta de Zafir fue sorprendentemente sincera.

–Si lo que dices es cierto, entonces habré pagado el precio de mis actos. No solo no sabía que podía haber engendrado a un hijo, sino que también podría haber hecho mucho daño a su madre... Una mujer que me importaba y a la que respetaba.

Parecía que tenía problemas para terminar la frase y Darcy contuvo la respiración.

–Todo esto son suposiciones. ¿No te das cuenta de que tenía que creerme la versión de mi hermano? A mi familia no le habría gustado enterarse de que él estaba mintiendo. Nuestra buena reputación es la piedra angular de nuestro reinado, y eso podría haberlo estropeado todo. Recuerda que yo os vi besándoos de manera apasionada con mis propios ojos. ¿Qué más podía pensar que no fuera que lo preferías a él y no a mí?

–¿Cómo puedes sugerir tal cosa? ¿Y tú me preguntas qué le habría pasado a tu familia si se hubiera enterado de que Xavier no era el chico de ojos azules que ellos pensaban que era? ¿Que él había mentido para protegerse y culparme a mí? ¿Y qué hay del precio que yo pagué por ser tan ingenua como para creer que me amabas, Zafir?

Él se sonrojó una pizca.

–Sé que es posible que no te parezca que en estos momentos agradezco la verdad, Darcy, pero espero cambiar de opinión. Si se demuestra que me he equivocado, te doy mi palabra de que haré todo lo posible para arreglar las cosas... Sea cual sea el precio personal que haya que pagar.

–¿Y le contarás a tu familia la verdadera historia? ¿Que tú y yo teníamos una relación? ¿Que hasta ese incidente, confiabas en que no te iba a ser infiel? Desde un principio te dije que ni me plantearía tener una relación íntima contigo si mis sentimientos hacia ti no fueran muy intensos. ¿Te parece que lo normal es que fuera detrás de tu hermano? En cualquier caso, fue muy cruel por su parte que me pusiera en riesgo de perder el trabajo, y de crear una imagen terrible sobre mí.

Zafir apretó los labios.

–Siento de veras que él hiciera tal cosa. Hablaré con él otra vez sobre lo sucedido y le recordaré lo que me contó en su momento. Entonces, le daré la oportunidad de reflexionar sobre las acusaciones que hizo y me aseguraré de que está diciendo la verdad. Por suerte, está casado y parece feliz. Solo espero que elija el buen camino para hacer lo que está bien.

–¿Y si no lo hace?

–Entonces, seré yo el que decida qué hacer.

Zafir no solo parecía dolido, sino también agotado.

De pronto, Darcy se percató de que ser el que mandaba en una familia como esa debía ser muy difícil, por mucho que fuera una familia admirable. Zafir tenía que emplear su sabiduría para lidiar con muchas personalidades diferentes, deducir lo que de verdad sucedía en sus disputas y actuar en consecuencia. Y eso no evitaba que los miembros de la familia actuaran de forma individual movidos por intereses propios.

Ella había descubierto hacía tiempo que no todo el mundo tiene una voz de la conciencia que los ayude a saber lo que está bien o lo que está mal...

–Por cierto, ¿puedo comprobar que en estos momentos no mantienes ninguna relación con otra persona?

–Creía que ya te lo había dicho. No, no tengo ninguna relación.

–Eso facilitará mucho las cosas.

–¿Qué quieres decir? ¿No estás comprometido? ¿O lo has olvidado?

–En lo que a eso respecta, te diré cuáles son mis planes cuando tenga los resultados de la prueba. Eso sí, estate segura de que haré lo correcto.

–¿Lo correcto según quién? –preguntó Darcy.

–Ya basta –dijo él, cada vez más irritado–. Hablaré contigo más tarde, cuando tenga noticias de la clínica. Ahora necesito pasar tiempo a solas, así que es hora de que me marche. Llámame si necesitas algo, pero tu prioridad debe ser descansar y recuperarte.

Sin más, se marchó.

¿Todavía pensaba que ella había mentido? Su hermano había utilizado todos los trucos habidos y por haber para convencer a Zafir de que era sincero.

Recostándose en los cojines, Darcy cerró los ojos y trató de borrar de su mente el recuerdo de ese día horrible. Se había sentido tan sola... Sola y despreciable. Si ese era el resultado de que su amante no hubiera salido en su defensa, preferiría permanecer soltera el resto de su vida antes de arriesgarse a pasar por una situación familiar. Sin embargo, no podía evitar sentir que Zafir no hubiera sido capaz de arreglar las cosas y ahorrarles el sufrimiento que experimentaron a continuación...

Cuando sonó el teléfono, justo después de las diez, Zafir se apresuró para contestar la llamada. A pesar de que había intentado distraerse con la lectura, lo único en lo que pudo pensar durante toda la tarde fue en Darcy y en el niño rubio que podía ser su...

–¿Puedo hablar con Su Alteza el Jeque Zafir el-Kalil? –preguntó una voz de hombre.

–Soy yo.

–Bien, Alteza, llamo para informarle acerca de la prueba de paternidad que se ha realizado esta mañana. Ya tenemos los resultados.

–¿Y bien? –preguntó Zafir.

–La prueba demuestra que el ADN del niño coincide con el suyo, Alteza. Sin duda usted es el padre biológico de Sami Carrick.

–¡Bien! ¡El niño es mío!

Zafir no trató de disimular la alegría que le producía la noticia.

«¡Tengo un hijo!»

El corazón le latía con fuerza, y él ya estaba haciendo planes sobre qué debía hacer primero. Ser padre era lo más increíble que le había sucedido en la vida, sin embargo, había una parte detestable en aquella noticia y era el hecho de que él hubiera abandonado a la madre de su hijo cuando ella más lo necesitaba.

La idea resultaba tan dolorosa como una puñalada directa al corazón.

–¿Hay algo más que pueda hacer por usted, señor?

–No, nada más –contestó Zafir.

–En ese caso, meteré el informe en un sobre y se lo enviaré por mensajero cuanto antes.

–Esta misma noche sería estupendo.

–Haré lo posible para que así sea, Alteza.

El coche del jeque se detuvo frente a la casa de Darcy. El vecindario estaba tranquilo y la mayor parte de las casas ya tenían las luces apagadas.

Zafir tardó unos minutos en salir del coche. Se preguntaba cuál sería la mejor manera de dar el resultado de la prueba sin que tuviera lugar una discusión. Darcy era una mujer independiente y había dado a luz a su hijo en Inglaterra, así que poseía ciertos derechos que él no podía pasar por alto.

Suspirando, Zafir se pasó la mano por el cabello. Esa noche había decidido dejar a Rashid en casa y conducir él mismo hasta la casa de Darcy. Necesitaba un poco de privacidad y para conseguirla había tenido que prometerle al guarda que si le sucedía algo nadie lo culparía a él.

Por fin, Zafir dejó dejarse llevar por sus instintos, se bajó del vehículo y se dirigió a la puerta para llamar al timbre.

Confiaba en que si Darcy ya se había acostado estuviera en el sofá, y que no hubiera intentado subir por las escaleras hasta el dormitorio. Al menos no tendría que moverse demasiado para abrir la puerta.

De pronto, la mujer que invadía su pensamiento abrió la puerta vestida con un pijama lila y una bata a juego, apoyándose en una única muleta. Llevaba la melena suelta y parecía adormilada.

Antes de decir nada, Zafir la tomó en brazos y cerró la puerta con el pie. La llevó al salón y se fijó en que había un edredón arrugado en el sofá y un plato con un sándwich a medio comer sobre la mesa.

–¿Es esto todo lo que te has tomado para cenar?

–Se saluda primero, Alteza... ¿No tenías nada mejor que hacer esta noche aparte de venir a controlar si he cenado bien?

–Agotarías la paciencia de cualquiera, Darcy.

La dejó con cuidado sobre el sofá. Al sentir el calor de su cuerpo sobre los brazos había estado a punto de perder las ganas de conversar y comenzar a comunicarse de un modo que no dejaría dudas acerca de qué era lo que sentía por ella.

–Imagino que ya tienes los resultados de la clínica, ¿no?

–Así es –Zafir se sentó en una butaca–. Tal y como decías... Soy el padre de Sami.

Darcy se llevó las rodillas al pecho y las rodeó con los brazos..

–Ahora ya sabes que no estaba mintiendo.

Lo miró fijamente y él sintió como si le hubieran lanzado una flecha al corazón. Aquella mirada, lejos de ser acusatoria, era una mirada conmovedora, y permanecería siempre en su memoria.

Una vez más, una terrible tristeza lo invadió por dentro. Él la había abandonado. Y no solo a ella, sino al niño que era su hijo legítimo y heredero...

Capítulo 6

ZAFIR apoyó las manos en sus rodillas.

–A la luz de esta información, ¿te das cuenta de que vuestra vida tendrá que cambiar radicalmente?

–¿Qué quieres decir? ¿Vas a llevarme a juicio y luchar por la custodia? Porque si lo haces... Si te atreves a intentarlo... Yo...

–¿Tú, qué, Darcy?

Consciente de que si ponía cualquier tipo de demanda para solicitar la custodia del niño tendría las de ganar, debido a que con dinero podría contratar la ayuda de los mejores abogados del mundo, Zafir no tenía la intención de separar a su hijo de su madre. Tras el reencuentro con Darcy había descubierto que seguía sintiéndose muy atraído por ella y, además, era la madre de su hijo.

Darcy se recostó sobre los cojines y estrió las piernas con cuidado.

–No me hagas pelear contigo, Zafir. ¿No te parece que ya he sufrido bastante? Comprendo que quieras conocer a Sami, y estoy dispuesta a contarle que tú eres su padre, pero lo que no permitiré es que seas tú quién decida dónde debe vivir o cómo debe criarse. Su felicidad significa todo para mí, y a pesar de lo que tú o tu familia podáis pensar, sé que soy una buena madre.

Se hizo un silencio y Zafir trató de contener el fuerte deseo que sentía de abrazarla. Esa noche, Darcy tenía un aspecto particularmente frágil, como si los eventos de los días anteriores hubieran mermado sus defensas. Decidió que lo mejor era comportarse de manera diplomática e intentar que, poco a poco, se diera cuenta de que su intención era que su vida mejorara, y no hacérsela más difícil.

–No dudo de que seas una buena madre, y me doy cuenta de lo mucho que Sami significa para ti. No tienes que demostrarme nada. En cuanto a mi familia, se conformará con lo que yo decida. Teniendo en cuenta que voy a informarles de que tengo un hijo, tendrán motivo de celebración. De hecho, todo el país lo celebrará.

–¿Y qué hay de tu compromiso? ¿Crees que tu prometida lo celebrará también?

Era difícil no demostrar celos en su tono de voz. ¿Cómo diablos iba a tener relaciones de futuro con él y fingir que ya no se sentía atraída por él? Aunque no quería admitirlo, lo que había sentido por él todavía estaba presente, y no se había diluido durante el tiempo que habían estado separados.

–He decidido romper el compromiso. En cualquier caso, ya te dije que no era un compromiso basado en el amor. Farrida será bien recompensada por la decisión. Además, ella sabe lo importante que es para mí tener un heredero. No hace falta que pienses en ese asunto ni un segundo más.

–¿Hablas en serio, Zafir? Para tu pueblo, soy una mujer en la que no se puede confiar, ¿recuerdas? La mujer a la que despediste porque pensabas que te estaba engañando con tu hermano. ¿Crees que nos aceptarán, a mí y a mi hijo, después de esa historia? Estoy segura de que pensarán que estás loco por romper tu compromiso y permitir que yo vuelva a formar parte de tu vida.

–Si alguien expresa dudas acerca de las decisiones que tomo sobre mi vida personal, me aseguraré de ponerlos firmes cuando regrese. Entretanto, no ayudará nada a la situación que no dejemos de recordar los desacuerdos del pasado para emplearlos como armas arrojadizas. ¿De veras crees que Sami podrá aceptarme como padre si me ve como un mandón que le dice a su madre lo que tiene que hacer y que parece no preocuparse por sus sentimientos?

–No quiero que piense eso, por supuesto que no. La verdad es que no tengo ni idea de lo que sientes por mí. Volviendo al pasado, diría que te importaban más los sentimientos de cualquier otra persona que los míos.

–Entonces te equivocas.

–¿Tú crees? ¿Y por qué no me creíste cuando te dije que no estaba liada con Xavier? Y que de hecho me estaba acosando.

Zafir empezó a sentirse un poco incómodo. La reputación de su hermano no había sido lo único que se había cuestionado. Recordaba que en aquellos tiempos se rumoreaba en la oficina que ambos tenían citas secretas, y que los rumores habían sido corroborados por una de las secretarias con más antigüedad.

Jane Maddox era una chica soltera de unos treinta y tantos años a la que le gustaba hablar sobre las secretarias más jóvenes que tenía a su cargo. Zafir recordaba que tenía cierta debilidad por su hermano y tendencia a sentirse celosa de cualquier mujer más joven o más bella que ella, que pudiera tener alguna oportunidad con él. En concreto, se había mostrado muy celosa de Darcy. ¿Habría tratado de congraciarse con Xavier mintiendo acerca de que Darcy le había hecho proposiciones?

Durante los años, Zafir se había preguntado muchas veces si no se habría anticipado sacando conclusiones. Si lo había hecho, sabía que el precio a pagar había sido alto.

—Ya hemos hablado de esto. Ya sabes por qué —contestó él—. ¿Qué se supone que iba a pensar cuando te vi entre sus brazos ese día? ¿Te haces una idea de lo que yo sentí? Me volví loco. Estaba celoso, dolido y muy enfadado. No tuve tiempo de pensar de manera racional.

—¿Y la relación que teníamos no era lo bastante fuerte como para que confiaras en mí?

—Yo no diría eso. Precisamente, porque confiaba en ti me quedé destrozado por lo que parecía una traición hacia mí.

—¿Quizá deberías haber investigado un poco más en lugar de aceptar lo que viste como la única verdad?

La mirada de Darcy reflejaba que la herida todavía permanecía abierta.

–Sé que no fue fácil para ninguno de nosotros olvidar el pasado, perdonar y continuar con nuestra vida, pero yo también me quedé destrozada cuando no quisiste escuchar la verdad. Entonces, pensé que te conocía, y había muchas cosas que admiraba de ti. En especial, la lealtad que mostrabas hacia tu familia y amigos y la manera en que siempre intentabas ayudar a la gente. Pensaba que eras muy especial, y no solo porque pertenecieras a la realeza. A mí eso no me importaba. Me interesaba como persona, no por lo que representabas. Cuando te conocí pensé que eras encantador, amable y considerado, como ningún hombre de los que había conocido antes. Incluso me di permiso para dejarme seducir por ti. Al poco tiempo, empecé a confiar en ti, Zafir, y pensé que tú sentías lo mismo por mí. Sin embargo, hace tiempo aprendí que había cometido un gran error.

Zafir notó que el corazón comenzaba a latirle muy deprisa como para poder pensar con claridad. De pronto, sintió la necesidad de conseguir que ella cambiara de opinión acerca de él, de hacer que recordara al hombre del que se había enamorado. Era como una corriente que amenazaba con ahogarlo si no hacía algo por salvarse a sí mismo.

Así que, se acercó a ella y, con cuidado, la puso en pie. Durante un momento se quedó mirando sus ojos azules y vio que estaban bañados por las lágrimas.

Justo antes de que sus labios se rozaran, murmuró:

–No cometiste ningún error, *habibi*... ¿quizá no era el momento adecuado para nosotros?

Entonces, la besó agarrándola de las manos. ¿Cómo había podido vivir tanto tiempo sin aquello? Zafir deseaba acariciarle el cuerpo otra vez, explorar sus curvas maravillosas, y se sentía frustrado porque como no estaban solos en la casa, no podía hacerlo. Mientras el placer lo invadía por dentro, Darcy gimió y comenzó a acariciarle el cabello. Había cierta desesperación en su manera de acariciarlo, y él recordaba cómo le gustaba eso de ella, el hecho de que no tratara de contener sus emociones cuando compartían momentos íntimos. Aquello le indicaba lo que él necesitaba saber... que ella echaba de menos, tanto como él, el fuego y la pasión que habían compartido.

El sabor de sus labios y la suavidad de su lengua provocaron que Zafir se excitara casi hasta sentir dolor. La sensación era tan intensa que era difícil resistirse y no desear más, mucho más, que ese abrazo. Sin embargo, sabía que tenía que acabar con aquella situación, porque si lo alargaba un poco más no podría dar marcha atrás.

Zafir se separó de ella y la miró. Darcy estaba sonrosada y su mirada había recuperado el brillo natural.

–Es una lástima, pero este no es el momento ni el lugar para esto –dijo él–. Tu madre y nuestro hijo están durmiendo arriba y tú tienes que reposar ese tobillo. Siéntate... Tengo algo más que decirte antes de marcharme.

Sin protestar, Darcy permitió que la ayudara,

pero cuando él se sentó a su lado en el sofá, percibió que volvía a estar recelosa.

–Una de las cosas que pienso hacer antes de llevarte a casa para que conozcas a mi familia es casarme contigo. Esa formalidad es necesaria para que Sami pueda recibir mi nombre y tener mi protección legalmente. Cuando regresemos a Zachariah celebraremos una ceremonia oficial.

Darcy frunció el ceño.

–¿Te he oído bien? ¿Se supone que eso era una proposición?

–Admito que no ha sido nada romántica , pero a veces lo necesario es prioritario. Después, con tiempo y deseo, un hombre puede compensar el déficit y mostrar su verdadero afecto.

–¿Esa es parte de la ideología de tu país?

Zafir le acarició la mejilla con el dorso de la mano. Su piel era igual de suave que la de un bebé.

–No. Solo digo que no quiero que te sientas engañada de ninguna manera. Que sé muy bien lo que una mujer puede esperar de su marido.

Darcy se retiró una pizca y se alisó el cabello.

–¿Cómo voy a sentirme engañada cuando esa proposición de matrimonio es lo último que quiero de ti?

–Confieso que me avergüenzo por no haber considerado que podía haberte dejado embarazada cuando nos separamos. Quiero que sepas una cosa: siempre me sentiré culpable por no haberlo hecho, ya que tuviste que criar sola a nuestro hijo. Quiero rectificar mis errores. ¿No se te ocurrió que a lo mejor quería cumplir con mis responsabilidades y casarme contigo cuando me enteré de que Sami existía?

–Hubo un tiempo en que no deseaba otra cosa que convertirme en tu esposa, Zafir, pero no quiero casarme contigo solo porque sientas que deberías asumir tus responsabilidades como padre. Llevamos mucho tiempo separados y han sucedido muchas cosas.

–Parece que existe la posibilidad de que quieras casarte con otro... –después del entusiasmo que había sentido momentos antes, mientras se besaban, Zafir volvió de golpe a la realidad.

–Por supuesto que no. No estoy saliendo con nadie.

–Entonces ¿por qué te empeñas en poner obstáculos que no existen?

–El hecho de que no confiemos el uno en el otro es un gran obstáculo, ¿no te parece? No es algo que se pueda superar con facilidad solo por casarse de forma apresurada.

–Ya te he dicho que el tiempo y el deseo nos ayudarán a suavizar el camino hasta el verdadero afecto. Ahora lo más importante es mostrarle a nuestro hijo que tenemos un verdadero compromiso. Por lo que a mí respecta, cuanto antes nos casemos mejor. No pienso convertirme en un padre a media jornada, tal y como parece que está de moda en los países de occidente. El niño es mi hijo y mi heredero y no debes olvidarlo.

Zafir se puso en pie y se volvió para mirarla.

–Voy a marcharme para que puedas dormir. Mañana quedaremos para comer y empezaremos a planificar las cosas. Te enviaré un coche a la una en punto.

Zafir se dirigió hacia la puerta y la dejó a solas.

Al llegar a casa después de llevar a Sami al colegio, Patricia Carrick se quitó el chubasquero y lo colgó en el perchero. Después, se dirigió al salón para hablar con Darcy.

No se sorprendió del todo al ver que su hija había dejado el sofá donde había dormido las dos últimas noches, pero si se sintió un poco enfadada. Se suponía que debía reposar el tobillo. Era cierto que Darcy nunca había hecho caso de lo que le decían que tenía que hacer. En realidad, la única persona a la que escuchaba era a su padre...

–Estoy en la cocina, mamá –gritó Darcy al oír que cerraba la puerta de la calle.

Mientras Patricia estaba fuera, Darcy se había duchado y vestido y había ido a la cocina para preparar un té.

–¿Te apetece un té? –le preguntó a su madre.

Su madre se cruzó de brazos y negó con desaprobación desde la puerta.

–¿De veras crees que es buena idea que en tu estado estés manipulando una tetera con agua hirviendo?

–He preparado *English Breakfast*. Sé que es tu favorito.

–¿Has oído lo que he dicho?

Darcy se apoyó en la encimera y se retiró el cabello de la frente.

–Sí. Te preocupa que sirva el agua hirviendo de la tetera mientras estoy lesionada. Por favor, mamá, ya no soy una niña. Sé que tengo que tener cuidado. Si estuviera sola y tú no estuvieras para ayudarme tendría que arreglármelas.

–Hay otra cosa de la que quería hablar... Quiero que me cuentes la verdad sobre tu relación con el jeque. El banco para el que solías trabajar en la ciudad... ¿Sus dueños no eran de un pequeño país de Oriente Medio?

–¿Y qué tiene que ver eso ahora?

–En el pasado sucedió algo entre vosotros, ¿verdad? Lo percibí nada más conocerlo. ¿Por qué si no alguien tan importante como él va a traer a mi hija desde el hospital?

–Trabajé para él... Eso es todo.

–Por favor, cariño –la madre se acercó y la agarró de la mano–. ¿Crees que soy demasiado mayor como para recordar lo que es la química sexual? La tensión sexual se percibe en el ambiente cuando estáis juntos.

Darcy estaba acorralada... Se mordisqueó el labio, consciente de que no podía seguir ocultando la verdad. Y de que ya no podría continuar manteniendo el anonimato. A pesar de que nunca había anhelado la fama o la fortuna, parecía que iba a conseguir las dos cosas a la vez...

La noche anterior Zafir le había prometido que iba a casarse con ella, que regresarían a su país para poder proclamar a Sami su hijo y su heredero. Darcy dejaría de tener una vida sencilla.

No tendría que preocuparse de llegar a fin de mes y, aunque eso podría parecer algo bueno, se preguntaba cómo podría funcionar su matrimonio con alguien que la había decepcionado tanto como Zafir. No solo la había decepcionado, sino la había abandonado sin darle la oportunidad de contarle su versión de la historia.

–¿Imagino que le has contado que Sami es hijo suyo?

–Sí... Se lo he dicho.

–¿Y qué quiere hacer al respecto? Imagino que siendo quien es querrá hacer todo lo conveniente para ti y para vuestro hijo.

Darcy se volvió hacia la tetera y sirvió dos tazas de té. Sabía que su madre estaba impaciente por la respuesta, pero ella no tenía prisa por dársela.

–¿Puedes poner las tazas en una bandeja y llevarlas al salón?

Patricia empezaba a ponerse nerviosa.

–Contéstame... ¿Qué piensa hacer el jeque al respecto?

Incapaz de disimular su incertidumbre, Darcy respiró hondo y dijo:

–Me ha dicho que quiere casarse conmigo y convertir a Sami en su heredero.

–Supe que era un hombre honrado desde el momento en que lo vi. Ahora vamos a tomarnos el té.

Aquella noche, mucho más tarde, casi a la hora del amanecer, Zafir colgó el teléfono en la base y se pasó las manos por el cabello.

Se dirigió a la cocina y se sirvió otra taza de café. Necesitaba cafeína y azúcar después de la conversación que había mantenido con Farrida. Como había imaginado, Farrida no se había tomado la noticia de la ruptura de su compromiso con tranquilidad. Había llorado y suplicado, y también lo había acusado de haberse quedado obnubilado por aquella mujer, que claramente le estaba haciendo chantaje por haber tenido un hijo suyo.

Al final Zafir había tenido que recurrir al uso de su autoridad y decirle que rompía su compromiso y que se casaría con la madre de su hijo. Que Farrida tendría que asumirlo y que sería generosamente recompensada por ello.

Poco después de terminar la llamada se sintió aliviado. Era libre para casarse con Darcy sin que nada se interpusiera en su camino, y cada vez tenía más claro que ella era la única mujer del mundo con la que quería estar.

Zafir estaba sentado en el recibidor de uno de los mejores hoteles de Londres, vestido con una túnica tradicional oscura y botas de cuero. Su cabello negro brillaba cuando le daba la luz y su aspecto era impresionante.

Aunque no quería anunciar su estado a todo el mundo, tampoco veía motivo para ocultarlo. Su padre siempre le había dicho que era pura contradicción. Tan pronto disfrutaba del trato preferencial que se le daba por su estatus, como deseaba negarlo y pasar desapercibido.

Mientras esperaba a que Rashid llegara con Darcy, no podía evitar sentirse en ascuas. Cuando él le había dicho que se casaría con ella y que proclamaría a Sami como su heredero, Darcy no parecía contenta con la idea. Y eso lo inquietaba. ¿Es que no se daba cuenta de que tendría beneficios implícitos al convertirse en su esposa? Por un lado ya no tendría que luchar más para vivir y ella y su hijo tendrían todo lo necesario, además de la admiración de su pueblo, durante el resto de sus vidas.

No obstante, había un temor que Zafir no podía disipar con facilidad, y era el hecho de que Darcy no pudiera encontrar la manera de perdonarlo por haber creído a su hermano...

–La señorita Carrick ha llegado, Alteza.

De pronto, Rashid y Darcy estaban frente a él.

–Darcy –dijo él, y la besó en la mejilla–. Me alegro de verte.

–Yo también –murmuró ella.

Dirigiéndose a Rashid, preguntó:

–Imagino que habéis tenido un buen viaje.

–Sí, Alteza. No hemos tenido ningún problema.

–Bien.

Zafir miró a su alrededor y no se sorprendió de ver que varios clientes del hotel los observaban. Y la mayoría estaba fijándose en Darcy. No podía culparlos. Se había hecho un moño, llevaba un vestido de rombos con un cinturón y un abrigo negro de terciopelo.

Su belleza era impresionante. ¿Era de extrañar que se sintiera tan orgulloso y contento de verla?

–¿Cómo te encuentras hoy?

–Mucho mejor después de haber dormido toda la noche.

–¿Todavía estás durmiendo en el sofá?

–Espero poder volver a mi cama esta noche.

–¿Crees que podrás subir las escaleras?

–No siempre lo tendré cerca para llevarme de un sitio a otro, así que, será mejor que intente arreglármelas, Alteza.

Ella lo había mirado como diciéndole que preferiría reptar antes de aceptar más ayuda por su parte. Aunque por un lado le resultaba divertido, también se sentía molesto por el hecho de que parecía que Darcy no recordaba que la noche anterior él le había dicho que pensaba casarse con ella.

–En cualquier caso... Hemos de seguir adelante con nuestros asuntos. He pedido que nos sirvan café en mi suite para poder hablar en privado. Rashid, acompáñanos para hacer las comprobaciones habituales.

–Por supuesto, Alteza.

Gesticulando para que Darcy pasara delante de él, Zafir esperó a que ella estuviera preparada para caminar con sus muletas y la guio hasta el ascensor.

Capítulo 7

POR supuesto que Darcy conocía la sensación de tener mariposas en el estómago, pero nunca la había experimentado de esa manera tan intensa. Estaba en el ascensor con Zafir y su guardaespaldas y se dirigían a la planta superior del hotel.

Zafir le había dicho que la reunión tendría lugar en su suite privada. Era la suite que él utilizaba cuando trabajaba hasta tarde en el banco o necesitaba mantener una reunión privada. Y sería la primera vez que estuvieran completamente a solas desde que habían restablecido el contacto. Por supuesto, ella estaba preocupada por cómo saldrían las cosas. ¿Zafir insistiría en que se casara con él? ¿O sería más razonable y aceptaría otro tipo de compromiso? Aunque no dudaba acerca de que sería un buen padre, no estaba segura de que pudiera ser un buen esposo...

–Ya hemos llegado –dijo Zafir, y esperó a que Rashid abriera la puerta para revisar la habitación.

Cuando el guardaespaldas terminó de hacer su trabajo, Zafir le ordenó que se marchara a comer y le dijo que ya lo llamaría cuando estuvieran preparados para marcharse.

–Gracias, Alteza –Rashid hizo una reverencia

dedicada a ambos y Darcy sintió aprecio por aquel hombre una vez más.

–¿Darcy? –Zafir le indicó que pasara primero a la habitación.

Darcy obedeció y entró en la suite. Se fijó en que había tres puertas que daban al salón y supuso que una sería un dormitorio, otra un baño y la última un estudio. Estaba segura de que todas estarían decoradas con el mismo gusto que el salón, donde los muebles dorados hacían juego con una lámpara de cristal de Murano, y el aroma a rosas frescas invadía la habitación.

Darcy suspiró tratando de asimilar el hecho de que se encontraba a solas con Zafir en aquel maravilloso lugar.

La habitación tenía vistas a los jardines de Hyde Park y eso evidenciaba que los clientes del hotel eran gente de clase alta con dinero. Una vista así no estaba disponible para cualquiera.

Aquello era la muestra del estilo de vida que tendría si llegaba a casarse con Zafir, y darse cuenta de ello provocó que aumentara su ansiedad. ¿Cómo podría adaptarse a esas circunstancias si se convertía en su esposa?

Durante los últimos años había tenido problemas económicos y había pasado más de una noche sin dormir preguntándose cómo podría pagar las facturas. El hecho de no volver a tener que preocuparse por ello era equivalente a que un genio le hubiera concedido uno de sus mayores deseos. No obstante, sabía que el dinero no lo solucionaba todo. Por ejemplo, no podría suavizar el sufrimiento que se experimentaba tras la muerte de un ser querido... ni el final catastrófico de una relación con un amante que se había convertido en lo más importante.

Había una cosa que tenía clara: necesitaba tiempo para reflexionar antes de tomar alguna decisión.

Darcy se dirigió hasta una butaca con las muletas y se sentó.

Había evitado sentarse en el sofá por si Zafir decidía acompañarla. Quería evitar esa posibilidad a toda costa, porque cada vez que él se acercaba era como si la hechizara. La peligrosa atracción que había sentido por él hacía unos años no había disminuido. De hecho era tan intensa como siempre.

–He pedido café y unos sándwiches –dijo él–. Supongo que estarán al llegar. Ah...

Llamaron a la puerta justo cuando él estaba hablando. Zafir abrió y entró un camarero cargado con una bandeja de plata. Después de dejar la bandeja sobre la mesa de café, y de aceptar la propina que Zafir le entregó, el camarero se marchó.

–Sé que había sugerido salir a comer, pero he cambiado de opinión. He pensado que será mejor ir a cenar esta noche, y llevar a Sami con nosotros.

Sus palabras pillaron a Darcy desprevenida y rápidamente contestó:

–No será buena idea. Mañana tiene colegio y estará de muy mal humor si se acuesta tarde.

Zafir hizo una mueca y apretó los dientes. Darcy imaginó que no estaba acostumbrado a que le negaran cosas.

–¿Qué puedo hacer aparte de reconocer tu gran experiencia como madre? –comentó él–. De todos modos, no siempre estaré tan dispuesto a excluir a nuestro hijo de nuestros compromisos. Tendrá que acostumbrarse a tener una vida completamente nueva cuando lleguemos a Zachariah, y pronto descubrirás que no mantenemos los mismos horarios que aquí. A menudo comemos tarde.

–Si eso es así, ¿qué pasará con el colegio?

–Por supuesto que estudiará, pero tendrá clases particulares.

–Veo que piensas que vamos a regresar contigo.

–Empiezo a cansarme de que pongas tanta resistencia. Mi intención era satisfacer tus deseos, Darcy, pero empiezo a perder la paciencia. Vamos a casarnos y regresaremos lo antes posible a mi país. Mi plan es que pasemos tres meses del años allí y el resto del tiempo lo dividamos entre Londres y los Estados Unidos... Aparte del tiempo en que tengamos vacaciones. Ahora, vamos a tomar un café y después te daré unos papeles para firmar.

–¿Qué papeles?

–Uno de ellos es el contrato de matrimonio. El otro es documentación relativa a tus detalles personales. ¿Has traído tu pasaporte y tu certificado de nacimiento, tal y como te pedí?

Darcy se acomodó en la butaca. Su primera reacción fue replicar a sus comentarios y decirle que todavía dudaba acerca de aquella decisión, pero algo le decía que no serviría de mucho. No cuando él tenía decidido qué era lo que iba a pasar.

Necesitaba tiempo para decidir qué era lo mejor para ellos, siempre teniendo en cuenta las necesidades de su hijo.

–Sí, lo he traído –dijo en voz baja–. Aunque todavía no estoy segura de que casarme contigo sea lo más adecuado. ¿Has hablado con Farrida para anular el compromiso?

–Sí. El compromiso se ha cancelado. Ya no tienes que preocuparte por ello.

–¿Y ha aceptado que cambiaras de opinión? Imagino que ha sido muy difícil para ella.

–En mi país los matrimonios de conveniencia son habituales. Normalmente los sentimientos no están implicados en ellos. Farrida ha aceptado mi cambio de planes con la buena voluntad de una chica de la alta sociedad –miró a Darcy con frialdad.

–Ya veo.

–Estábamos hablando de nuestro matrimonio y del regreso a nuestro país –le recordó él–. No cabe duda de que eso es lo adecuado. Mi hijo lleva mucho tiempo sin el apoyo de su padre y que tú te conviertas en mi esposa significará que no tendrás que luchar por la supervivencia, y que serás capaz de darle todo lo que necesite, todo a lo que tiene derecho por ser mi heredero. Creo que es hora de tomar café, ¿no te parece?

–Preferiría un té, si a ti te da igual.

–Por supuesto. A estas alturas ya sé que no te conformas con nada que no te guste, Darcy, así que también he pedido té –mientras colocaba las tazas en la mesa, bromeó–. ¿Hago los honores y sirvo yo?

–No voy a decirte que no.

Zafir agarró la tetera de porcelana y preguntó en tono provocador:

–Qué interesante... Dime, ¿a qué dices que no?

Darcy notó que una ola de calor recorría su cuerpo y se retiró un mechón de pelo del rostro. Si aquel hombre pretendía incomodarla con aquel comentario, lo había conseguido.

–Una mujer podría morirse de sed esperando a que le sirvieras el té, ¿sabes?

Zafir dejó la tetera sobre la mesa y se puso en pie.

–¿De veras tienes tanta sed que no puedes esperar unos minutos para saciarte?

Incapaz de encontrar la voz para contestar, Darcy tragó saliva. Se le habían hinchado los senos a causa del deseo, y los pezones erectos rozaban contra su vestido. Además, era consciente de que el calor que la invadía por dentro se debía a la presencia del hombre atractivo que tenía delante. Solo hacía falta mirar a Zafir para trasladarse a otro mundo... Su frente, los pómulos prominentes y el cabello negro, recordaban a una cultura cargada de misterio y majestuosidad.

Aún así, la gente de su tribu había atravesado el desierto bajo el sol ardiente en busca de agua, y había pasado las noches a la intemperie con temperaturas extremas. La resiliencia y la fe debían ser características bien marcadas en sus antepasados, para que hubieran sobrevivido en esas condiciones y conseguido proporcionar una buena vida a sus familias.

Como intrigado por su largo silencio, Zafir sonrió. Fue entonces cuando Darcy vio que su expresión era de deseo y se sintió incapaz de resistirse a la invitación tácita que había en su mirada.

–En vez de servirte una taza de té, tengo otra sugerencia.

–¿Sí?

–¿Preferirías que te hiciera el amor?

Ella se quedó boquiabierta.

–No deberías decirme esas cosas, ya lo sabes.

–¿Por qué?

Se acercó a ella y Darcy percibió su aroma masculino.

–¿Prefieres que actúe como un chico inexperto en lugar de como un hombre que sabe lo que desea y no tiene miedo de decirlo?

–¿Y el deseo al que te refieres no debe ser mutuo?

–¿Estás diciéndome que no me deseas, Darcy?

Ella se sintió como si fuera a desmayarse. Era increíble lo que él era capaz de provocarle solo con la voz...

–Lo único que digo es que debo ser sensata, y tú estás haciendo que me resulte imposible.

–Una vez, no hace mucho tiempo, fuiste mi mujer. Ahora tenemos un hijo juntos. Eso confirma que sigues siendo mía.

–No soy tal cosa, y tampoco soy una esclava con la que crees que puedes hacer lo que quieras porque piensas que es tu derecho.

–¿Es así como me ves? ¿Como alguien que ni siquiera tendría en cuenta los derechos de otra persona si entraran en conflicto con los míos? Es una lástima, pero bueno, si lo que dices es que no sientes nada por mí aparte de odio, tengo que recordarte que sigo siendo el padre de tu hijo y que pienso reclamar mis derechos de paternidad, con o sin tu aprobación, porque mi pueblo necesita un heredero.

Aunque Darcy tenía el corazón acelerado consiguió hablar con tranquilidad.

—No te odio. Nunca lo he hecho a pesar de lo que pasó, pero el bienestar y el futuro de mi hijo no son negociables.

—Yo no tengo intención de negociar.

Zafir esbozó una sonrisa, como si supiera que llevaba la mejor carta.

—Mira, ya tuviste una oportunidad conmigo, Zafir, y la echaste a perder. Sí, la echaste a perder como si no fuera nada. Perdí la confianza en ti cuando lo hiciste. Me quedé destrozada. Si crees que eso puede recuperarse cediendo ante el deseo, te aseguro que no.

La mirada que vio en sus ojos la cautivó. De pronto, Darcy supo que él no iba a contestar del modo que ella creía.

—Lo que siento por ti no es solo puro deseo, Darcy. Todavía siento algo profundo por ti, a pesar de lo errores que pudiera cometer en el pasado. Y ahora nuestro hijo forma parte de la ecuación. Eso lo cambia todo. ¿No podemos hacer las paces, aunque sea por su bien?

Darcy gimió como si de pronto se hubiesen desvanecido los últimos vestigios de su resistencia y estuviera luchando una batalla perdida.

—Haría cualquier cosa por Sami.

—Puede que todavía no lo sepas, pero yo también.

Consciente de que hablaba en serio, Darcy notó que su cuerpo deseaba otra cosa diferente a lo que ella tenía planeado y, sin protestar, cedió ante el deseo.

Zafir la ayudó a ponerse en pie con cuidado y la agarró por la cintura.

–¿Qué más tengo que hace para demostrarte cómo te deseo? –preguntó él–. Y no solo para satisfacer a mi cuerpo. Hay muchos motivos por los que te deseo. Aunque hace mucho tiempo desde que estuvimos juntos, no lo he olvidado. ¿Creías que lo olvidaría?

–Sabes que no juegas limpio, pero bueno... Nunca lo hiciste –dijo ella, con voz temblorosa.

–Creo que el café puede esperar.

Sin avisar, la tomó en brazos y la estrechó contra su pecho. Sonrió de manera sexy, contándole cosas que solo un amante podía comprender.

En el pasado, a ella le habían flaqueado las piernas muchas veces con aquella mirada. ¿Qué mujer podría resistir la tentación tanto tiempo? Daba igual cuál hubiera sido su promesa, ella no habría sido humana si lo hubiera rechazado, y Darcy no había olvidado el tiempo que había pasado entre sus brazos. No había sido capaz de resistirse a él años atrás y no podría hacerlo en esos momentos.

–Tenemos mucho tiempo por recuperar.

Zafir la llevó hasta el dormitorio abrió la puerta empujando con el pie. Nada más entrar en la habitación, la llevó hasta la cama con dosel...

Zafir se quitó las botas y, después de ayudar a

Darcy a descalzarse, se tumbó en la cama con ella. Durante unos minutos permanecieron mirándose sin más y el único sonido era el de su respiración.

Después, él inclinó la cabeza y comenzó a besarla.

Fue parecido a echarle gasolina al fuego.

Los besos iniciales se convirtieron en deseo apasionado, a medida que empezaron a redescubrirse el uno al otro. Cuando pararon un instante para tomar aliento, Darcy le acarició el cabello.

–Sigue siendo como la seda. ¿Por qué te lo has dejado crecer?

Él la miró y sonrió:

–Supongo que es tradición familiar. ¿Te gusta?

–Mucho.

–Tendré que recogérmelo durante algún tiempo.

–¿Por qué?

Zafir metió la mano en la túnica para sacar el lazo de terciopelo negro que llevaba para esas ocasiones. En esos momentos, Zafir no quería que su cabello le estropeara la vista de su amante.

–Quiero verte... De hecho quiero verte entera –Zafir se recogió el cabello en una coleta y no dejó de mirar a Darcy ni un instante.

Empezó a desnudarla y descubrió que su cuerpo era igual de bello como recordaba. Además, el aroma de su piel era cautivador.

Durante los años que habían pasado separados él había soñado a menudo con ella. Y por muy vívidos que hubieran sido los sueños, habían sido tortuosos. ¿De qué servía soñar cosas buenas aparte de para recordarle lo que se había perdido?

Zafir se incorporó para bajar las cortinas del dosel de la cama y reducir así la luz que entraba por la ventana. A continuación, comenzó a quitarse la túnica.

Antes de colocarse sobre ella contempló sus senos redondeados y vio que tenía los pezones turgentes... como si estuvieran esperando a que se los acariciara. Aunque deseaba metérselos en la boca, primero quería besarla en la boca otra vez.

Mirándola a los ojos, él saboreó sus labios como si fueran el aperitivo previo al néctar de los dioses. Y, cuando comenzó a acariciarle el interior de la boca con la lengua, descubrió que así era. Cada beso provocaba que ardiera una nueva llama en su interior. Nunca había sentido algo así con otra mujer, y la presión que sentía en la entrepierna era el testimonio del intenso deseo que sentía.

De pronto se percató de que ella lo empujaba por el torso para separarse de él.

–¿Tienes idea de lo que me estás haciendo?

–Confío en estar excitándote, cariño.

–Así es, Zafir, pero hay algo que quiero decirte... Algo que debería haberte dicho hace mucho tiempo.

Él se quedó quieto.

–¿Qué es lo que no me has contado antes, Darcy?

Ella estaba temblando y no podía evitarlo. ¿La creería? Aquella noche lo había deseado tanto que había permitido que sus sentimientos dominaran sus actos, tratando de convencerse de que todo iba a salir bien.

–La primera vez que hicimos el amor en el hotel... ¿Nuestra noche especial, recuerdas?

Él sonrió y la miró.

–Por supuesto que lo recuerdo. Mi corazón se acelera solo con recordarlo.

A Darcy se le formó un nudo en la garganta.

–Bueno, al parecer no te importó mi falta de experiencia, y estoy segura que la notaste. Pensé que quizá no era importante porque no mencionaste nada al respecto... Era virgen, Zafir. Eres el primer y único amante que he tenido.

Zafir empalideció.

–Si eso es cierto... Debería haberme dado cuenta, pero tú solo expresaste placer y no dolor. ¿Te hice daño la primera vez?

Ella lo agarró de la mano.

–Sentí un poco de dolor al principio, pero después todo era perfecto y me pareció maravilloso.

–¿Y por qué no me lo dijiste? ¿Cómo no sabías que ese es el mejor regalo que una mujer puede darle a un hombre?

–Supongo que temía que hoy en día no era muy importante que una mujer se reservara para... Para un hombre que le importara –Darcy no se atrevió a decir «al que amara de verdad». Ya había arriesgado demasiado–. Pensaba que la mayor parte de los hombres preferían a alguien con experiencia.

–Estás loca... ¿Dónde has oído eso?

–La mayoría de las mujeres con las que he hablado piensan que tener experiencia es algo positivo. Yo nunca he estado de acuerdo –se sonrojó–. Supongo que siempre he sido un poco romántica.

–Me alegro de que lo seas.

Él le retiró el cabello de la frente y la besó. Darcy se fijó en que sus ojos se oscurecían de deseo.

–¿Todavía me deseas?

–Te deseo, Zafir.

–Yo también a ti.

–Entonces, no me hagas esperar más.

Zafir percibió ardor en su mirada.

–No te haré esperar mucho tiempo, cariño –le prometió–, pero tengo que emplear protección. La llevo ahí, en el bolsillo de la túnica.

Cuando se volvió para recoger la prenda, Darcy lo agarró de la mano.

–Estoy tomando la píldora, así que no será necesario.

Zafir notó que se le aceleraba el corazón a pesar de que ella le había dicho que no estaba saliendo con ningún otro hombre. Después de que ella le hubiera contado que había sido él quien le había robado la virginidad, la idea de que hubiera habido otro hombre en su cama después de que se separaran...

–Después de lo que me pasó, decidí que debía tomar precauciones.

–No obstante, ¿deseabas a Sami? ¿Querías tener a nuestro hijo?

Ella contestó con los ojos bien abiertos.

–Siempre. Él lo es todo para mí...

–No me cabe ninguna duda, *habibi*. Solo tengo que miraros cuando estáis juntos para saberlo.

Sin decir nada más, ella lo rodeó por el cuello y lo atrajo hacia sí.

Zafir no necesitó nada más. Se tumbó sobre ella y metió las manos bajo su trasero, separándole las piernas con cuidado para no hacerle daño en el tobillo.

Al instante, el deseo se apoderó de él y no dudó ni un momento en penetrarla. De nuevo, experimentó aquella maravillosa sensación de intimidad con ella.

Ninguna mujer lo había hecho sentir de esa manera. Y saber que ella había tenido un hijo suyo después de que él la hubiera rechazado, y de descubrir que todavía era virgen cuando hicieron el amor por primera vez, convertía aquella unión en algo mucho más especial.

La miró un instante y comenzó a moverse más deprisa en su interior. Ella gimió y él la besó en los labios de forma apasionada. Le sujetó los brazos por encima de la cabeza y la penetró con más fuerza. Al instante, observó la reacción que esperaba. Ella arqueó el cuerpo y se tensó.

–Oh, Zafir –gimió ella mientras apretaba sus muslos con fuerza.

Zafir vio que las lágrimas inundaban la mirada de Darcy mientras ella llegaba al orgasmo entre sus brazos...

Capítulo 8

SIN duda, Zafir es un hombre de contradicciones», pensó Darcy mientras permanecía entre sus brazos y le acariciaba el torso. No solo era un amante apasionado, sino que además era muy considerado. En dos ocasiones había esperado hasta que ella alcanzara el clímax para disfrutar de su propio placer y, después, mientras seguía tumbado a su lado, sonrió y bromeó:

–O estoy desentrenado o el hecho de que tú no hayas mantenido relaciones sexuales ha provocado que seas insaciable, amor mío. Estoy agotado.

–¿Estás diciendo que no eres capaz de seguirme el ritmo? –preguntó ella, percatándose de que la había llamado «amor mío».

–¿Hablas en broma?

Darcy sonrió.

–¿De veras cree que tengo el atrevimiento, como subordinada que soy, de cuestionar su destreza sexual, Alteza? ¡No se me ocurriría! Estoy segura de que hay personas encerradas en la mazmorra por algo mucho menor.

–Pagarás por ese comentario irrespetuoso, pequeña descarada.

Rodeándola por la cintura, Zafir la colocó sobre su cuerpo y la miró fijamente.

–Te aseguro que te complaceré durante el resto de nuestros días, mi reina –añadió él.

–Eso está muy bien, pero no soy una reina.

–Todavía no... Al menos, no de manera oficial, pero pronto lo serás. En mi país yo soy el rey, y la mujer que se case conmigo se convertirá en reina.

–Si se supone que eso ha de tranquilizarme, no es así. Si te soy sincera, me entran ganas de salir corriendo y esconderme.

–¿Hablas en serio? ¿Por qué querrías hacer tal cosa?

–Porque siempre he tenido una vida tranquila y ahora parece que voy a convertirme en el centro de atención.

–Te acostumbrarás, cariño, igual que hemos hecho los que nacimos en la realeza. Además, recuerda que yo siempre estaré a tu lado para ayudarte.

Después de aquel comentario, Darcy trató de moverse para retirarse, pero su amante le sujetó las piernas para retenerla. Al instante, ella notó que una ola de calor recorría su cuerpo al sentir que él estaba excitado otra vez.

–No te vayas. Lo único que quiero es hacer que te sientas bien. ¿Has olvidado lo que había entre nosotros? ¿Lo que finalmente nos llevó a la cama?

–Lo recuerdo. Y no niego que todavía exista esa vieja atracción. Eso no significa que podamos arreglarlo todo tan fácilmente.

–De veras lo siento si te he hecho daño en algún

momento. Ahora tenemos un hijo y quiero tratar de rectificar los errores que cometí en el pasado. ¿No te das cuenta de que mis intenciones son sinceras?

Deseando creerlo, Darcy seguía siendo reacia a bajar la guardia. Sabía lo difícil que le resultaba resistirse a él y, al ver la mirada seductora de sus ojos negros, se le cortó la respiración. Sería tan fácil ceder ante la tentación de la carne y olvidar todo lo que había sucedido con la esperanza de que, con el tiempo, volvería a confiar en él. ¿Y se arrepentiría más tarde de haber cedido tan fácilmente otra vez?

–No me contestas, y eso me inquieta.

–Es solo que las buenas intenciones no siempre se cumplen... por muy fuerte que sea el deseo.

–Creo que esta conversación está complicando lo que debería ser muy sencillo. Lo único que tenemos que preguntarnos ahora es si nos deseamos o no. Yo sé cuál es mi respuesta.

Zafir le sujetó el rostro y la besó. Al momento, el beso se volvió apasionado y un fuerte deseo sexual se apoderó de ella.

–Tus senos son como de terciopelo... El tacto de tu piel es exquisito. ¿Recuerdas lo que sentías cuando te acariciaba ahí? –susurró contra su cuello.

Sorprendiéndola, Zafir movió las manos y les pellizcó los pezones.

Ella experimentó una mezcla de dolor y placer. Después, él le cubrió uno de los pezones con la boca y succionó. Darcy echó la cabeza hacia atrás y gimió. Varios mechones de pelo se soltaron de la horquilla que llevaba.

Zafir continuó explorando su cuerpo con las manos. Entretanto, Darcy notó el roce de sus mechones sobre los senos turgentes y no pudo evitar gemir otra vez.

–Nunca conseguiré sentirme saciado contigo –confesó él.

Se inclinó para besarla de nuevo y ella murmuró:

–Mmm...

En menos de un segundo, Zafir la penetró de nuevo y sus cuerpos se acompasaron con el mismo ritmo sensual.

Darcy se percató de lo mucho que había echado de menos aquel contacto íntimo. Daba igual cuánto tiempo hubiera pasado porque seguían compartiendo el mismo deseo. Y en esos momento de intimidad, ella supo que podría dejar de lado el sufrimiento que había experimentado en el pasado y centrarse únicamente en el presente. Lo único que siempre había deseado de Zafir era su amor. Cualquier otra cosa le resultaría insuficiente.

Darcy tenía la sensación de que el tiempo se había detenido mientras estaba entre los brazos de Zafir. Las caricias se sucedían una tras otra y ella no quería que aquello terminara. Juntos habían creado un mundo mágico en el que nadie podía entrar.

Una vez que llegaron al orgasmo, permanecieron tumbados en la cama bajo la colcha. Darcy se preguntaba cómo había podido sobrevivir tanto tiempo sin aquello. Una vez más, el hombre que tenía a su lado le había despertado sentimientos que creía había enterrado hacía mucho tiempo.

Zafir suspiró y se volvió hacia ella para acariciarle el rostro.

–Me has dicho que desde que nos separamos no ha habido ningún otro hombre en tu vida... –comentó él con el ceño fruncido–, pero ¿no has echado de menos que un hombre te abrazara o te hiciera el amor? Teniendo en cuenta lo apasionada que eres, no puedo creer que no lo desearas.

Darcy se había olvidado de lo directo que podía llegar a ser Zafir.

–Sí, por supuesto, de vez en cuando he echado de menos no tener a nadie que me abrazara. La vida de soltera es solitaria a veces, pero no quería tener más relaciones porque tenía a Sami. Y desde luego no echaba tanto de menos la parte física como para arriesgarme a meter un extraño en la vida de mi hijo.

–Me alegra oírlo. La dedicación que tienes hacia tu hijo es increíble. Eso confirma que la decisión de casarme contigo es la correcta.

–¿Y tú, Zafir? ¿Ha habido otras mujeres en tu vida desde que nos separamos?

–Supongo que es justo que me lo preguntes –contestó él, recolocando las almohadas en la cama para apoyarse en ellas–. No voy a negar que he tenido muchas oportunidades de conocer bellas mujeres, pero eso no significa que haya querido acostarme con ellas. Y si lo único que deseara es estar con alguien que cumpla los requisitos de mi familia, ¿no crees que habría seguido adelante y me hubiera casado con Farrida?

Darcy se sentó en la cama y se cubrió con la colcha.

–Eres un hombre tan atractivo y viril que me

cuesta creer que pudieras pasar sin relaciones sexuales durante mucho tiempo.

–Tienes razón, pero la promiscuidad va en contra de mi código de honor, así que, cuando regresé a Zachariah después de que nuestra relación terminara, busqué a una amante. Mantuvimos una relación en la que los sentimientos no estaban implicados, pero no tardamos mucho en separarnos. Para mí todo era demasiado vacío. Fue entonces cuando decidí continuar con mi vida y poner mi energía en los negocios.

Darcy escuchó atentamente, pero su corazón se aceleraba al pensar que él había estado con otras mujeres.

–Entonces, ¿decidiste casarte con Farrida por ese vacío? Al menos conoces a su familia. ¿Cómo os encontrasteis de nuevo?

–Coincidimos en un evento en Nueva York. Ella me recordó que nuestras familias querían que nos casásemos si cuando cumpliéramos los treinta no habíamos conocido a nadie especial –se encogió de hombros–. Entonces, ella tenía treinta y cinco y yo treinta y seis. Ella había tenido un par de relaciones que no habían funcionado y me dijo que empezaba a notar el instinto maternal y que el tiempo pasaba. Puesto que yo seguía soltero y necesitaba un heredero, pensó que era buena solución que nos casáramos.

–¿Entonces aceptaste y os comprometisteis?

–Así es. Como te dije, el compromiso era puramente pragmático.

–Y entonces, yo aparecí de nuevo.

–Debo agradecer que lo hicieras... Sobre todo

porque descubrí que ya tengo al heredero que tanto anhelaba tener –le acarició la mejilla.

–Zafir, yo no soy la mujer adecuada ni estoy bien relacionada... ¿Y si tu familia no acepta que nos casemos? ¿Y si te sugieren que sea tu amante?

Él le sujetó el rostro por la barbilla y la miró fijamente:

–Vas a convertirte en mi esposa, Darcy, no en mi amante.

–¿Y es lo que quieres de verdad?

–¿De veras tienes que preguntármelo? ¿No te he dejado claro cuáles son mis sentimientos?

Ella se encogió de hombros.

–Me gustaría creer que todo lo que me has dicho es verdad, pero después de lo que sucedió es normal que desconfíe.

–¿Estás diciendo que nunca volverás a confiar en mí?

–No. No es eso, pero me llevará algún tiempo.

–Lo comprendo. Te lo preguntaré de nuevo... ¿Aceptas casarte conmigo?

–Sí –ella esbozó una sonrisa–. Teniendo en cuenta que eres el padre de mi hijo y que estás dispuesto a cumplir con tus obligaciones, sé que tiene sentido.

–Sin duda... Pero también podrías intentar parecer más contenta con la idea. Tu vida y la de nuestro hijo va a cambiar a mejor.

–Estoy segura de que el tiempo lo dirá –murmuró Darcy.

Se inclinó hacia donde Zafir había dejado la ropa, recogió su vestido y se lo puso. Después, con la ropa interior en la mano, se acercó al borde de la cama, apartó las cortinas y se puso en pie.

–¿Dónde vas? –preguntó él.

–Me gustaría darme un baño. Es más fácil que darme una ducha.

–Por supuesto –dijo él.

–¿Puedes ayudarme a prepararlo?

–Haré mucho más. Te acompañaré y me aseguraré de que tienes todo lo que necesitas. Vas a necesitar mi ayuda para entrar y salir de la bañera.

Consciente de que no podía rechazar su ayuda, ella asintió.

–No hará falta que hagas esto durante mucho más tiempo. Cuando mi tobillo esté mejor yo...

–Sé que eres una mujer independiente, Darcy, pero a veces... –la agarró y la volvió hacia sí.

Ella se quedó boquiabierta. Él estaba completamente desnudo. Ni siquiera se había molestado en ponerse una sábana alrededor del cuerpo.

Zafir sonrió y añadió:

–A veces no hace daño aceptar ayuda, ¿verdad?

Al día siguiente Zafir se dirigió a su despacho en el banco. Nada más llegar llamó a Jane Maddox, una de las secretarias, para que acudiera a su despacho.

Nada más entrar, él la miró unos instantes.

–Siéntese –le pidió, señalando la silla de piel que estaba al otro lado del escritorio.

–Confío en que todo va bien, Alteza.

–Eso dependerá de lo que conteste a mis preguntas, señorita Maddox.

–¿Puedo saber de qué se trata?

–Seguro.

Zafir trató de controlar la furia que se había forjado en su interior desde que Darcy le contó que había tratado de contactar con él varias veces y que no había obtenido respuesta. Aquella mujer era la encargada de su agenda y, si alguien sabía lo que había sucedido con los mensajes de Darcy, era ella.

–El tema, señorita Maddox, es Darcy Carrick... –añadió mirándola fijamente.

Estaban a punto de casarse.

Iban a celebrar una ceremonia sencilla en el registro civil más famoso de Londres y Rashid y Patricia, la madre de Darcy, habían asistido para ser los testigos.

Sami iba de la mano de Patricia.

Mientras empezaban a pronunciar los votos, Zafir tenía la sensación de que todo era surrealista. Se había vuelto loco por la mujer que tenía a su lado desde el primer momento en que la vio, y sabía que la decisión de casarse con ella no podía ser más acertada. Sin embargo, no acababa de encajar el hecho de que se hubieran separado a causa de lo que él empezaba a considerar un gran malentendido por su parte.

Y menos después de que Jane Maddox admitiera que ella había tomado la decisión de no transmitirle los mensajes de Darcy porque no quería disgustarlo. En su opinión, ella le había hecho un favor.

–¿Cómo se atrevió a tomar esa decisión en mi nombre? –le había preguntado él–. ¿Quién se ha creído que es?

Zafir no era un hombre violento, pero no sabía cómo se había contenido para no estrangularla. Sin embargo, había sentido gran satisfacción al decirle que recogiera sus cosas y se marchara para siempre de allí.

Suspirando, miró a Darcy y se quedó cautivado por su belleza una vez más. No solo se parecía a Afrodita, la diosa de la belleza, el amor y el deseo sexual, sino que además tenía un gran corazón. El hecho de que no hubiera dudado ni un instante a la hora de criar a su hijo sola, lo decía todo. Y Zafir estaba dispuesto a compensarla por todo lo que había pasado.

Le dolía mucho haberle dado la espalda cuando estaba embarazada de su hijo, pero ¿cómo podía haber sospechado que esa era la situación? Deseaba que su padre hubiera seguido con vida. Él era la única persona que podía haberlo aconsejado...

Cuando llegó el momento de pronunciar sus votos estuvo a punto de no hacerlo porque estaba perdido en su pensamiento. Echaba de menos no haber mantenido relaciones íntimas con Darcy los días previos a la boda, pero ella le había explicado que necesitaba pasar tiempo a solas con Sami.

Zafir no había podido discutir con ella cuando le dijo que quería contarle la noticia con cuidado, y también informar al colegio y a sus empleados de que pronto empezarían una nueva vida en el extranjero.

En vista de todo aquello, Zafir tuvo que aceptar no mantener relaciones íntimas hasta que estuvieran casados y ya empezaba a notar la tensión.

Se había esforzado mucho en conseguir que la ceremonia se celebrara cuanto antes, pero a pesar de todo habían tenido que esperar varios días. Entre tanto, había llamado a su madre para darle la noticia. La madre, al enterarse de que Zafir tenía un hijo y heredero, se había llevado una gran alegría.

A pesar de que no conocía a la mujer que era la madre de su nieto, estaba de acuerdo en que lo mejor era que Zafir se casara con ella. Sabía que su hijo no habría tomado esa decisión si aquella mujer no le importase. Zafir le había comentado que su nueva familia necesitaría tiempo para adaptarse a la nueva situación, y le había pedido que no anunciara que iban a regresar con él enseguida.

Todos necesitarían un poco de privacidad... Al menos hasta que se celebrara la boda oficial.

También había llamado a su hermano para decirle que tendrían que mantener una conversación seria, y Xavier le había contestado:

–Estaré encantado, hermano. Yo también tengo cosas importantes que contarte.

Zafir no pudo evitar preguntarse cuál era el motivo por el que su hermano estaba tan deseoso de encontrarse con él.

Para la ceremonia de ese día, Zafir había elegido un esmoquin. Darcy llevaba un traje de color crema y encaje que le había regalado su madre. Se alegraba de que él no hubiera insistido en comprarle un vestido, porque para ambas mujeres era impor-

tante poder elegirlo. Ella llevaba el cabello recogido en un moño y una diadema de perlas y cristal.

Para Zafir, ella nunca se había parecido más a
una princesa como en aquellos momentos. Estaba
deseando presentar a su prometida en sociedad e
incluso estaba pensando declarar día festivo el día
en que celebraran la boda oficial en Zachariah. Sin
embargo, lo más importante era que no podía esperar a presentar a su hijo y heredero.

Anhelaba llegar a conocer bien al pequeño. Algún día, Sami se convertiría en gobernador y todos
estarían orgullosos de él.

Capítulo 9

DARCY deseaba pellizcarse para asegurarse de que no estaba soñando. Estaba sentada al lado de su hijo en una cómoda butaca de un jet privado. Hubo un tiempo en el que a menudo fantaseaba con estar junto a Zafir para siempre. Sin embargo, en el fondo había sabido que no era posible.

¿Cómo iba a ser posible? Él era una persona importante mientras que ella pertenecía a un círculo muy diferente.

Después, le había resultado muy doloroso imaginarse un futuro sin él... Más tarde, el destino había cambiado de nuevo su vida y nació Sami. Cuando por fin, se encontró con Zafir otra vez después de haber tratado de contactar con él, el encuentro la había dejado tambaleándose. Incluso en esos momentos, Darcy seguía tratando de asimilar la manera en que todo había sucedido. «Es normal», pensó mientras contemplaba el anillo de oro y diamantes que llevaba en el dedo y que demostraba que se había casado con su exjefe.

–Me encanta este avión, mamá. Es muy bonito.

–¿Qué? –preguntó ella, absorta en su pensamiento, y se sonrojó al ver que su hijo y su marido la miraban–. Sí, cariño. Tenemos mucha suerte de poder viajar así. No todo el mundo es así de afortunado.

El niño se quedó en silencio unos instantes y se volvió hacia Zafir.

–¿De verdad vives en el desierto? –le preguntó.

–De verdad. Mi familia y yo tenemos nuestro propio reino.

–¿Y eso qué es? –preguntó Sami mirándolo atentamente con sus ojos marrones.

–Es un país privado.

–¿Y hay dragones?

Su padre se rio

–Siento decirte que no tenemos dragones. Solo camellos y caballos, pero sigue siendo un lugar mágico, hijo mío.

El hecho de que Zafir llamara a Sami «hijo mío» muy a menudo, provocaba que Darcy se estremeciera. El niño se había hecho a la idea de que el jeque era su padre y había aceptado a Zafir sin ningún problema. Al menos, Darcy no tenía que preocuparse por eso.

–Tiene mucha imaginación –comentó Zafir, y la miró con ternura–. Sin duda, lo ha heredado de su madre.

–Oh, no sé... Diría que su padre tampoco se queda corto en ese aspecto.

–¿Qué es eso, mamá? –preguntó Sami, bostezando.

Ella se mordió el labio inferior al ver el brillo de la mirada inocente de aquellos ojos.

La primera vez que hicieron el amor él había demostrado que era experto en el tema y se había asegurado de que cada caricia fuera exquisita y significativa a la hora de proporcionarle placer. Quizá no sabía que era virgen, pero la había tratado como tal.

Desde luego no era un hombre egoísta. Aquella noche le había demostrado que para él era muy importante que su amante se sintiera tratada como una princesa.

Darcy no había olvidado aquella noche y no podía evitar anticipar que su noche de bodas sería igual de inolvidable...

–¿Estás cansada? –le preguntó Zafir–. Entre unas cosas y otras has tenido una semana difícil. Estoy seguro de que estás deseando acostarte.

–No estoy cansada, pero sé quién lo está –dijo ella, sonrojada.

Notaba el peso de su hijo entre sus brazos y sabía que si se quedaba dormido y descansaba, la llegada al nuevo país resultaría más sencilla para todos.

Llegaron al anochecer y el ambiente estaba cargado de los misteriosos aromas del desierto. Si una persona que no fuera de allí cerrara los ojos e inhalara, sabría que se encontraba en un paisaje de hacía mucho tiempo, una tierra donde todavía predominaba la magia y el misterio.

A los ojos de Zafir, esos atributos eran bendiciones, y eran igual de poderosos que su historia.

En el avión le había contado a Darcy que su madre había enviado a un escolta real a recibirlos, y le había dicho que esperaba que no se sintiera abrumada por un protocolo que para él y su familia era habitual. Aquel era uno de los privilegios a los que tendría que acostumbrarse.

Zafir había dado órdenes acerca de que no hicieran pública la noticia de su llegada, para que su familia pudiera adaptarse con tranquilidad. Aquella era una situación nueva para todos.

Mientras Zafir acompañaba a Sami y a Darcy por las escaleras del avión, notó que ella estaba nerviosa. La limusina blanca que los esperaba en la pista era la prueba de que la vida de Darcy había empezado a cambiar radicalmente.

Zafir vio que el chófer ya había abierto las puertas y, momentos después, Rashid, que había viajado en la parte de atrás del avión para dar privacidad a la familia, se acercó a hablar con él.

—Yo me ocuparé del equipaje, Alteza.

—Gracias, Rashid.

El guardaespaldas sacó el equipaje del avión y, con ayuda del chófer, lo metió en el maletero.

Una vez dentro del vehículo, Sami preguntó si se podía sentar en un lado para mira por las ventanas.

—Puedes sentarte donde quieras, Sami. Si te apetece, puedo sentarme a tu lado y así me puedes preguntar acerca de lo que ves por la ventana —le dijo su padre.

—¿Vamos a ver pirámides?

Zafir sonrió.

—No. En este país no hay pirámides, pero tenemos otras cosas espectaculares. Es un país con mucha historia —comentó con orgullo.

Mientras avanzaban hacia el desierto y dejaban la ciudad atrás, Zafir suspiró aliviado. Se alegraba de alejarse del resto de la humanidad y deseaba estar a solas con su familia. Después de casarse con Darcy y de pasar tiempo con su hijo se había percatado de que eso era lo que anhelaba desde hacía mucho tiempo... Tener una familia.

No obstante, lo que más le preocupaba era la presencia de Darcy. Después de tanto tiempo separados, quería pensar que empezaba a conocerla de nuevo. Sin embargo, ella nuca dejaba de sorprenderlo. Había sido su belleza lo que primero había llamado su atención, pero ella era mucho más que eso. Había descubierto que ella era fiel a todos aquellos que amaba, trabajadora, divertida y, a veces, obstinada. Cuando estaban juntos, no había ni un momento de aburrimiento.

También era muy intuitiva a la hora de decidir qué ropa debía llevar. Ese día se había puesto un vestido largo de color moca con una chaqueta blanca. El cabello lo llevaba recogido en dos trenzas que se había atado a modo de corona con un broche de oro que él le había comprado. Su aspecto era el de una joven deslumbrante, como si fuera la princesa de un cuento de hadas a punto de entrar en su palacio.

−¿Cómo lo llevas?

Darcy lo miró y él sintió un nudo en el estómago. Estaba seguro de que nunca se cansaría de mirarla. Era como un ángel que lo había cautivado.

−Estoy bien.

Zafir vio que sonreía con inseguridad y se preguntó si algún día ella llegaría a confiar plenamente en él, tal y como había hecho al principio de conocerse. Al pensar que quizá no, se le formó un nudo en la garganta.

–Y tu tobillo... ¿no te molesta mucho hoy?

–No. Sin duda está recuperándose. ¿Qué tal tú? ¿Cómo te sientes? Sé que hoy es un día importante para ti.

–Estoy bien –sonrió con sinceridad–. ¿Cómo no iba a estarlo si estoy a punto de presentar a mi esposa y a mi hijo a mi madre? Estoy tan entusiasmado como ella con la idea.

Darcy nunca olvidaría la primera vez que vio el palacio. Desde la distancia parecía un castillo de hielo perfecto y resultaba sobrecogedor. No obstante, estaban en el desierto y el impresionante edificio no estaba hecho de hielo, sino de mármol blanco.

El efecto mágico era realzado por la puesta de sol.

A cada lado del palacio había dos fuentes de mármol cuyos chorros de agua alcanzaban casi el cielo. El sonido del agua era tranquilizador, y el lugar era como un oasis de calma.

Ella pensó que un día le gustaría sentarse junto a las fuentes y reflexionar sobre los eventos que la habían llevado hasta allí. Entretanto, se conformaba con ir agarrada del brazo de Zafir y permitir que él la guiara hasta la entrada principal.

Todavía caminaba con la ayuda de una muleta,

pero sabía que pronto la necesitaría cada vez menos. Su tobillo se estaba curando. Sami caminaba junto a su padre observando todo lo que veía a su alrededor.

Junto a la puerta de madera con arco de piedra había dos guardias uniformados. Al ver a Zafir, ambos hicieron una reverencia. Zafir sonrió como si de verdad se alegrara de verlos y les preguntó por su salud y por sus familias.

Una vez dentro del palacio le dijo a Darcy que la llevaría a conocer a su madre... La mujer a la que el pueblo llamaba la reina.

Darcy estaba nerviosa, pero deseaba conocer a la reina Soraya el-Kalil. ¿Cómo recibiría a una mujer común como ella?

Avanzaron por un largo pasillo de mármol y un sirviente los guio hasta los aposentos de la madre. Los hicieron esperar en el salón.

Lo primero que sorprendió a Darcy era lo acogedor que era el lugar. Aunque había algunos muebles preciosos, ninguno era demasiado ostentoso y, en casi cada superficie, había varias fotos de la familia. Darcy deseó mirarlas más de cerca, convencida de que habría alguna de cuando Zafir era niño.

En ese momento, apareció una mujer vestida con una túnica de seda y el cabello negro recogido en un moño. Su rostro era muy bello y les dedicó una gran sonrisa de bienvenida.

Darcy se sintió aliviada.

–Hijo mío... ¡Me alegro de verte! –se puso de puntillas y besó a Zafir en la mejilla–. Confío en que hayáis tenido un buen viaje.

–Sin duda. Todo ha ido según lo planeado.

–Eso está bien. Y ahora llegamos a la parte más importante... Has de presentarme a tu esposa y, también, a mi tan esperado nieto.

–Madre... me gustaría presentarte a Darcy, mi esposa.

–Oh, cielos, deja que te mire, cariño.

La madre de Zafir le agarró la mano. Darcy se sorprendió porque se la agarraba con fuerza. Mientras observaba al nuevo miembro de la familia, la mujer no perdió la sonrisa en ningún momento.

–Zafir me había dicho que te parecías mucho a una princesa, pero confieso que pensaba que era cosa de enamorados. Ahora veo que tenía razón. Eres totalmente maravillosa, hija mía.

Durante un momento, Darcy no supo qué decir. ¿La reina creía que Zafir la amaba de verdad? ¿Cuánto tiempo pasaría antes de que se diera cuenta de que no era así? ¿De que solo se había casado con ella porque quería reclamar a su hijo y heredero?

–Es muy amable, Alteza.

–Solo he dicho la verdad. También quiero darte las gracias por haber criado a mi nieto sola, hasta que te reencontraste con su padre. Supongo que es muy difícil compaginar el trabajo y la crianza de un hijo en esas circunstancias.

Sonrojándose, Darcy contestó:

–Mi madre ha sido una gran ayuda, y yo siempre he hecho todo lo posible por Sami... Después de todo, es la luz de mi vida.

–Te bendigo por ello, hija mía. Hablando del tema, ya es hora de que conozca a cierto jovencito.

Sami estaba moviéndose de un pie a otro como si no pudiera contener su energía. Se notaba que estaba nervioso, pero cuando vio que su abuela se acercaba, se quedó muy quieto. Ella lo saludó con el mismo entusiasmo con el que había saludado a su padre, solo que en esta ocasión se agachó para estar a su mismo nivel.

–Me alegro mucho de conocerte, pequeño. Yo soy la madre de tu padre, el rey. Eso me convierte en tu abuela.

–Yo ya tengo una abuela. Se llama Patricia. ¿Tú cómo te llamas?

Soraya lo besó en la frente y dijo con cariño:

–Puedes llamarme Nannaa. Así es como se llama a las abuelas en este país.

–¡Qué bien! Ya tengo dos abuelas. Espero no confundirme.

–No creo que lo hagas, hijo mío. Eres muy listo.

Zafir se acuclilló a su lado y abrazó al pequeño. Darcy se sintió orgullosa al verlos. Además, se sentía agradecida de ver que Sami estaba feliz con la nueva situación.

Más tarde hablaría con él sobre sus sentimientos.

Soraya se incorporó y los miró a todos:

–Decidme ¿qué queréis hacer respecto a la comida? ¿Queréis tomar algo ahora o preferís descansar un poco antes de la cena? Si Sami tiene hambre, puedo pedir que le traigan algo de comer aquí y así voy conociéndolo un poco más mientras vosotros vais a descansar.

Zafir miró a su esposa.

–¿Te apetece hacer eso? Así mi madre tendrá la oportunidad de hablar con Sami a solas y tú podrás recuperarte del viaje.

–Si Sami quiere...

–Sí, mamá... ¡tengo mucha hambre!

–Entonces, arreglado.

Darcy le dio un beso a su hijo antes de marcharse. A pesar de que la idea de descansar un poco le parecía muy buena, no podía negar que estaba deseando pasar tiempo a solas con Zafir.

La última vez que habían mantenido una relación íntima fue durante la noche de bodas. Después se habían quedado en Londres unos días para que él pudiera terminar unos asuntos importantes en el banco. La mayor parte de los días había trabajado hasta tarde.

Estar sin él había sido difícil de soportar. Su cercanía se había vuelo algo esencial en su vida, pero en esta ocasión no permitiría que la idea la asustara. Tendría que aprender a confiar en que él deseaba esa cercanía tanto como ella.

Zafir se sentía muy aliviado. Todo había salido mucho mejor de lo que esperaba. Su madre había recibido a Darcy con admiración y el corazón abierto y, enseguida, se había quedado cautivada por su nieto.

Mientras le mostraba a su esposa los aposentos

que ocuparían en el palacio, Zafir notó que todo su cuerpo se ponía alerta. Al cerrar la puerta y ver que Darcy tenía una fina capa de sudor en la frente, frunció el ceño y dijo:

—Creo que necesitas descansar. Siento si me he anticipado al pensar que ya estabas casi recuperada.

Como respuesta, ella lo miró con decisión, sin embargo, le temblaba el labio inferior y no pudo disimular su vulnerabilidad.

—No has anticipado nada. Soy más fuerte de lo que parezco y me recupero con rapidez —insistió ella.

Zafir supo que era el momento de hablar con tacto.

—Puede ser, pero creo que deberías ir a tumbarte un rato. Así yo podré deshacer las maletas y cambiarme de ropa. También buscaré algo más adecuado para ti.

La agarró del codo con delicadeza y la llevó hasta el dormitorio.

—Cuando despiertes, hablaremos de lo que haga falta.

Zafir no tardó en darse cuenta de que su esposa se había quedado dormida. Antes de tumbarse en la cama doble con dosel, ella le había dado su chaqueta para que la colgara y había permitido que la ayudara a quitarse los zapatos. Él le había dado un beso en los labios y la había tapado con un chal de lana. Darcy había cerrado los ojos al instante.

A pesar de que él deseaba tumbarse a su lado y mostrarle cómo la había echado de menos durante las últimas noches, decidió que aprovecharía la oportunidad para llamar a su hermano Xavier y preguntarle si podían reunirse para mantener la conversación que tenían pendiente.

Capítulo 10

DARCY abrió los ojos y pestañeó para centrar la atención. Cuando vio dónde estaba, tumbada en una gran cama con dosel del tamaño de un salón pequeño, su corazón empezó a latir con fuerza.

¿Dónde estaba su esposo?

¿Le habría parecido mal si ella los hubiera abandonado tan rápido? ¿Habría puesto en juego que él la respetara al comportarse así? Ambos debían de estar igual de cansados después de un viaje tan largo. Y la tensión emocional agotaba a cualquiera.

De pronto, recordó un incidente que provocó que le diera un vuelco el estómago. Zafir la había besado justo antes de que se quedara dormida. Si ella le hubiera demostrado que agradecía su gesto cariñoso, él se habría metido en la cama con ella y no habría tenido tanta prisa por desaparecer. Sin embargo, la realidad era que todo lo que había sucedido en las semanas anteriores había podido con ella y necesitaba un respiro.

Al cabo de un momento, Darcy se puso en pie y encendió la lamparilla que había en la mesilla.

Al ver que su esposo le había sacado las sandalias de la maleta, se calzó y se lo agradeció en silencio. Se pasó la mano por el cabello, y se pellizcó las mejillas para recuperar un poco de color. Después, buscó un chal y la muleta y se dirigió cojeando hasta la puerta.

Decidió que lo primero que haría sería ir a ver a Sami y después, intentaría enviarle un mensaje a su madre para decirle que habían llegado bien.

Cuando se disponía a girar el pomo de bronce para abrir, la puerta se abrió como por arte de magia. Era Zafir.

Iba vestido con unos pantalones blancos y una blusa holgada. Se había dejado el pelo suelto y llevaba un colgante alrededor del cuello y un par de brazaletes en las muñecas. Uno estaba hecho con monedas de oro y otro con tiras de cuero, negro y cobrizo.

A pesar de no llevar la ropa tradicional, su aspecto seguía siendo magnífico. Cuando sus miradas se cruzaron, Darcy se alegró de poder apoyarse en la muleta.

—Me sorprende verte así —dijo ella, con voz temblorosa.

—Es agradable poder vestirse de forma casual de vez en cuando. ¿Dónde ibas?

Zafir cerró la puerta y, sin preguntar, la agarró del brazo y la llevó de nuevo a la habitación. Al instante, ella se sonrojó.

—Quería ir a ver a Sami. No quería dormir tanto rato. ¿Sabes si ya ha comido algo? Debe estar hambriento. No sé qué tipo de madre debes pensar que soy...

La expresión del rostro de Zafir hizo que ella

sintiera que se derretía por dentro. Sus ojos brilla-
ban de manera sexy y se le notaban los hoyuelos de
las mejillas. Una vez más, se arrepintió de no haberlo invitado a que se quedara con ella en la cama.

–Eres como un ángel, cariño... Pura, cariñosa y
dedicada a tu hijo. Es una bendición para mí haberte encontrado otra vez.

–Sin duda sabes cómo derretir el corazón de una
chica, Alteza –ella sonrió, sintiéndose más segura
de sí misma que nunca.

–Si lo único que hace falta es una sonrisa y decirte que eres importante para mí para que reaccio-
nes así, entonces soy muy afortunado, Darcy.

Mirándolo fijamente, ella lo agarró de la mano y
le preguntó:

–¿Qué has estado haciendo mientras yo dormía?

–He ido a asegurarme de que Sami estuviera
bien, por supuesto, pero parece que mi madre ya se
ha erigido en su protectora. Le ha dado de comer y
de beber y ahora está durmiendo en su nuevo dormitorio, y la reina está cuidándolo en persona por si
necesita algo.

Darcy frunció el ceño y se sintió culpable.

–No es necesario que haga eso. ¿Está dormido
de verdad? Casi nunca se duerme tan fácilmente.
Sé que durmió una siesta en el avión... debe ser
porque está fuera de su rutina.

Zafir asintió.

–Es probable que esté más relajado acerca de la
nueva situación de lo que pensamos. Es un niño de
cuatro años que de pronto se ha encontrado en un
lugar parecido a *El país de las maravillas*.

–Tienes razón. Supongo que me preocupo demasiado. Aparte de eso, ¿qué has hecho mientras yo dormía?

Zafir se colocó un mechón de pelo detrás de la oreja y dijo:

–He organizado una reunión con mi hermano Xavier para mañana. Hace mucho tiempo que no nos vemos.

–¿Quieres contarme por qué?

–Supongo que te lo puedes imaginar.

–¿Te refieres a que no estabas convencido de que no tuviéramos una aventura? ¿Ahora piensas que quizá cometiste un error y te estás replanteando tus actos?

–Por eso y porque me reuní con una de las secretarias del banco antes de marcharnos. ¿Recuerdas a Jane Maddox?

Darcy asintió.

–Por supuesto. Le caí mal desde el primer día.

–Porque es una mujer celosa y amargada, según he descubierto. Ocultó tus mensajes a propósito. Y sin duda, le dijo a sus compañeras que hicieran lo mismo. Si fue capaz de hacer eso, ¿cómo no iba a ser capaz de mentir acerca de que tenías una aventura con mi hermano? En cualquier caso, me he librado de ella. Y cuando mañana vea a Xavier comprobaré que es cierto.

–¿Quieres decir que la has despedido?

–Esa es la ventaja de ser Director Ejecutivo.

–Entonces ¿vas a preguntarle a Xavier qué fue lo que pasó en realidad para comprobar si él te mintió?

–Ahora dejemos de preocuparnos por eso. Ya te he prometido fidelidad, Darcy, y eso no va a cambiar. Me he encontrado con mi hijo y eso significa todo para mí.

–Ya veo.

–No estés triste. Estoy seguro de que todo va a salir bien. Entretanto, mi madre quería decirme que está entusiasmada con la boda y que empezará a organizarla si tú le das la aprobación.

–Es un detalle por su parte. ¿Sabes cuándo será?

Él suspiró.

–Confiamos que a principios de la semana que viene. Así tendré tiempo para declarar ese día fiesta nacional. ¿Crees que a tu madre le gustaría venir? Sé que estuvo en la ceremonia de Londres, y dijo que no le importaría perderse esta celebración si no quedaba más remedio, pero quizá solo estaba siendo educada. Si quieres, puedo organizarle el viaje.

–Voy a llamarla pronto. Puedo preguntárselo. ¿Y qué ropa vamos a llevar Sami y yo? ¿Tenemos que llevar vestimenta tradicional?

–Por supuesto, ya que será una boda real. ¿Tienes hambre?

–¿Qué...?

Darcy se fijó en que él la miraba con cara de deseo, como si pudiera devorarla para cenar, y no fue capaz de contestar.

El jeque se acercó más a ella y la sujetó por la barbilla.

–Te he preguntado si tienes hambre. Dentro de poco vamos a cenar y quiero saber si te apetece algo en particular.

Darcy lo miró fijamente y se humedeció los labios.

–Tomaré lo que tomen los demás. No quiero nada especial.

Zafir se rio.

–¿Desde cuándo resulta tan fácil complacerte?

–Solo quiero facilitar las cosas.

–¿Y qué tal si te las facilitas a ti? Tengo otra pregunta, ¿quieres darte un baño antes de cenar?

–Sería estupendo. ¿Me da tiempo?

–Puedes tomarte el tiempo que quieras. Sé que a las mujeres no les gusta que les metan prisa.

–Bien. Entonces, enséñame dónde están mis cosas.

El jeque y su hermano Xavier se encontraron en el despacho de los aposentos privados de Zafir.

Zafir se percató de que su hermano parecía contento. Iba bien vestido y tenía el cabello un poco más largo de lo habitual. Sin embargo, cuando se sentó en una butaca de estilo rococó y Zafir le comentó que quería hablar de ciertos acontecimientos del pasado, se mostró inquieto.

–Hay algo concreto que me gustaría saber. ¿Me mentiste acerca de lo que estaba pasando en el despacho el día que te encontré con Darcy? ¿Intentaste forzarla? Si lo hiciste para que yo pensara que teníais una aventura, ¿qué diablos te pasaba? ¿Tienes idea del sufrimiento que me provocó tu insensato comportamiento?

Sonrojándose, su hermano contestó:

–No lo hice a propósito para hacerte sufrir, Zafir... Mis actos eran la consecuencia de mi inmadurez. Lo que sucedió supuso una gran carga para mí durante mucho tiempo. Me alegro de tener la oportunidad de aclarar las cosas.

Xavier se acomodó en la silla y se quitó la fina capa de sudor que cubría su frente.

–Tu secretaria, Darcy, era la mujer más bella que había visto nunca. El hecho de que no me hiciera caso, dañó mi orgullo. Y me lo tomé como un insulto personal. ¿Quién se creía que era rechazando la atención del hermano del jeque de Zachariah? –miró a su hermano–. Sabía que tú la habías nombrado secretaria personal, y me sentía muy celoso. ¿Cómo se atrevía a rechazarme? Yo era un chico inseguro, así que decidí vengarme haciendo que pareciera que era ella la que me acosaba. Me quedé pendiente de la puerta y lo preparé todo para que nos encontraras en una postura comprometedora. No le dejé la oportunidad de defenderse. Así que, sí, la forcé. No le hice daño, pero... Sé que mi comportamiento fue despreciable.

Después de una breve pausa, respiró hondo y continuó:

–¿Crees que no lo sé? Cuando la despediste me quedé muy avergonzado por lo que había hecho. No quería que mi familia pensara mal de mí, pero me alegré mucho cuando me ordenaste que regresara a casa. Allí tuve la oportunidad de entrar en razón. ¿Crees que serás capaz de perdonarme? Ahora soy una persona diferente. Y me gustaría pensar que soy una persona mejor. No volvería a hacer una cosa así. Ya sabes que estoy casado y que tengo una hija. Estoy completamente dedicado a mi esposa y mi familia y temo que algo inapropiado pueda arruinar esa felicidad. No puedo decirlo más claro, pero mi vida está en tus manos, hermano. Nuestra madre me ha dicho que vas a casarte y que tu prometida es de Reino Unido. ¿Puedo saber cómo se llama?

Zafir no contestó inmediatamente. Entrelazó las manos y enderezó la espalda.

–Creo que ya sabes su nombre. Es Darcy, la chica que despedí por culpa tuya.

Xavier se quedó claramente sorprendido:

–¿Hablas en serio?

Zafir lo miró fijamente:

–Jamás bromearía sobre un asunto tan importante. Tengo un hijo con ella. Estaba embarazada cuando la despedí y te aseguro que nadie puede estar más arrepentido que yo por haberlo hecho. No solo porque haya tenido un hijo mío sin mi apoyo, sino también porque me porté muy mal con ella.

–Qué Alá me perdone... Esto es como una pesadilla.

Zafir se puso en pie y dijo:

–Para mí también lo sería si no hubiera tenido la lucidez de casarme con ella en Londres, antes de regresar a casa. Como tiene un gran corazón, Darcy decidió no ocultarme a mi hijo y lo confesó todo. Aún así, me avergüenzo de haberla hecho sufrir innecesariamente y durante tanto tiempo.

–¡No puedo creer que tengas un hijo con esa mujer!

–Se llama Sami.

–¿Y te has casado con ella? ¿Eso significa que todavía sientes algo por ella?

Zafir lo miró con impaciencia.

–¿Tú qué crees, Xavier? Por supuesto que siento algo por ella. Yo... Da igual. Darcy debería ser la primera en oír lo que siento por ella. Te aconsejo que no hables de esto con nadie más que conmigo.

El hombre más joven también se puso en pie y trago saliva.

–Me doy cuenta de que te he hecho mucho daño, Alteza. Si me echaras del país durante el resto de mi vida no podría culparte. Tu esposa debe odiarme.

–No creo que sea capaz de odiar a nadie. Su capacidad para perdonar parece no tener límite, aunque seguramente va en su contra.

–¿Y tú? ¿Podrás perdonarme por lo que hice?

Suspirando, Zafir puso una mueca:

–He pensado en ello mucho tiempo. Y siguiendo el ejemplo de Darcy, siento que al menos debería probar. No es excusa, pero eras joven y muy tonto. Sin embargo, como también ha dicho mi esposa, quiero que sepas que si me atacas, verbalmente, o de otra manera, me defenderé como considere necesario. Puedes llamarme idiota, pero te voy a dar la oportunidad de arreglar las cosas. A partir de ahora no quiero más mentiras o engaños. Si incumples la norma, te aseguro que te apartaré de mi vida para siempre.

Debidamente escarmentado, Xavier se acercó a su hermano y lo abrazó:

–Estoy muy agradecido por esta oportunidad.

No te decepcionaré... Lo prometo. A partir de ahora solo oirás elogios saliendo de mis labios.

Zafir sonrió y apoyó las manos sobre los hombros de su hermano.

–Me gusta pensar que no soy tan egoísta como para esperar un elogio de aquellos que quiero, pero un poco de respeto nunca se considera algo incorrecto...

Darcy todavía sentía los efectos de la maravillosa noche que había compartido con Zafir. Él le había hecho el amor con mucho cariño y delicadeza, pero de manera pasional.

Durante la mañana de lo que prometía ser otro día soleado, con el corazón lleno de esperanza, Darcy se aseó y se vistió.

Zafir se había marchado para reunirse con su hermano, y ella salió para encontrarse con Sami y la madre de Zafir, su suegra. Intentó no pensar mucho acerca de lo que sucedería entre ambos hermanos y confió en que todo saliera bien.

Las dos mujeres y Sami disfrutaron de un desayuno saludable y conversaron amigablemente. El lazo que se estaba creando entre el niño y su abuela se hacía cada vez más evidente.

Alrededor del mediodía, al ver que Zafir no había regresado todavía, Darcy se percató de que estaba inquieta mientras paseaba por los jardines del palacio. Sami y la reina no paraban de hablar y parecía que se habían olvidado de que ella estaba allí.

En cuanto pudo, y sin ser maleducada, se apartó de ellos para sentarse en un banco que había junto a las fuentes. Lo único en lo que quería pensar era en su marido. Era como si lo que sentía por él no tuviera límites.

La manera en que habían hecho el amor la noche anterior había hecho que se sintiera muy femenina y satisfecha, y se preguntaba cuánto tiempo pasaría antes de que lo hicieran de nuevo. Por fin, había conseguido que se disiparan todas sus dudas y experimentaba una verdadera sensación de bienestar y felicidad. Zafir todavía no le había dicho que la amaba, pero a veces las demostraciones de amor eran más poderosas que las palabras... Por ejemplo, cuando la ayudó a bañarse y la trató como si deseara satisfacer todas sus necesidades...

Darcy llevaba el caftán amarillo que le había regalado la madre de Zafir y un pañuelo de seda bordado en oro para proteger su piel del sol. Al verla, Zafir pensó que estaba preciosa. Su corazón se aceleró al instante, y supo que deseaba hacer que se sintiera la mujer más valorada y feliz de la tierra.

Todas las dudas que tenía acerca de que ella no sintiera lo mismo por él se habían disipado y, después de la conversación que había mantenido con Xavier aquella mañana, las palabras sinceras de su hermano lo habían ayudado a sentirse en paz y a recordar que todo iba bien en su vida.

En silencio, se colocó detrás de su esposa, mientras ella permanecía sentada en el banco, y le levantó el pañuelo de seda para besarla en el cuello. Al inhalar su aroma, descubrió que deseaba demostrarle lo que sentía por ella...

–Mmm... ha sido maravilloso.

–Has vuelto –dijo Darcy, y sonrió al ver que su esposo se colocaba delante de ella. Había estado esperándolo con impaciencia y deseaba sentirlo cerca otra vez.

Zafir se sentó a su lado y ella lo miró a los ojos antes de acariciarle el cabello y la mejilla.

–¿Qué tal ha ido tu encuentro con Xavier? ¿Te ha contado la verdad acerca de lo que sucedió ese día?

–Sí –contestó él–. Me sorprendí al darme cuenta de que había sido un ingenuo al dejarme engañar tan fácilmente. Todo lo que haga por vosotros en el futuro no será suficiente para compensar mi estúpido comportamiento. Permití que el amor que sentía por mi hermano me impidiera ver la verdad, aunque en mi corazón sospechara que podía estar mintiendo. ¿Puedes perdonarme por haberte hecho sufrir de esa manera?

–No lo hiciste a propósito, Zafir –colocó la mano sobre su mejilla–. Creo que ninguno de los dos esperaba que nuestros sentimientos se volvieran tan intensos, y quizá el poder de esos sentimientos nos cegara tanto como para poder ver lo que sucedía a nuestro alrededor...

–¿Te incluyes en ese escenario aunque no sea necesario? –Zafir frunció el ceño–. ¿Dónde has aprendido a no ser nada egoísta?

Ella se encogió de hombros y contestó:

–Supongo que si he aprendido tal cosa será gracias a mi difunto padre.

–Sé que si hubiera tenido la suerte de conocerlo lo habría admirado profundamente.

–Y él a ti, Zafir. No le impresionaba ni la riqueza ni el estatus social, pero reconocía a un buen hombre de verdad. ¿Y qué me cuentas de tu padre? Me dijiste que era muy importante para ti.

Suspirando, él agarró la mano de Darcy.

–Era mi mentor, mi apoyo y mi padre. Además del rey. Vivió su vida mostrando fuertes valores y un código ético al que nuestro pueblo sigue intentando adherirse. No solo lo admiraban, también querían mostrar esos valores en sus propias vidas y demostrar al resto del mundo que era posible vivir en armonía.

–¿Y lo consiguió?

–Me gusta pensar que estuvo a punto de hacerlo. Siempre habrá guerras en el mundo, pero eso no le impidió que siguiera intentando ser pacifista. Yo soy mucho más discutidor, y cedo ante la rabia mucho más fácilmente que él.

–Estoy segura de que él vería cualidades en ti de las que se sentiría muy orgulloso.

Riéndose, Zafir la besó en la boca.

–Has de saber que siempre me he sentido impresionado por ti, Darcy. No solo por tu belleza, sino también por tu manera de ser... Desde el momento en que te conocí, cuando te convertiste en mi secretaria, e incluso después de que te despidiera, siempre supe que nunca encontraría a otra mujer como tú.

–No deberías decirme cosas así... Puede que se me suban los humos pensando que puedo llamar la atención de un rey.

–¿Qué? ¿Quieres decir que la idea podría hacer que te volvieras insoportable?

–Imposible, Zafir. Solo quiero que sientas que has tomado la decisión correcta al elegirme como esposa. Saber eso me animaría a ser tan dócil y cariñosa como deseases.

–¡No! –se rio él–. Si fueras así ya no serías la mujer tan guerrera y sexy de la que me he enamorado.

Al oír sus palabras, Darcy lo rodeó por el cuello y lo besó en el rostro varias veces.

–Me alegro de que te guste tal y como soy y no quieras que cambie. Yo te diré que quiero que sepas que te adoro, igual que adoro a nuestro hijo. Si pudiera vivir toda la vida con vosotros, me sentiría afortunada.

–Opino exactamente lo mismo, mi reina. Ahora, ¿te parece que nos retiremos un rato a nuestra suite? Sami estará contento de pasar más tiempo con su abuela, y ni siquiera nos echará de menos.

–¿Te han dicho alguna vez que eres una mala influencia?

Darcy gritó cuando él la tomó en brazos y la llevó hasta los aposentos.

Por el camino, los guardas vieron a la pareja y susurraron algo. Darcy confió en que fueran palabras halagadoras y sonrió.

Capítulo 11

MAMÁ, ¿estás sonriendo porque papá te hace feliz?

Darcy estaba sentada en la habitación donde Zafir le había colocado un escritorio para escribir y leer la correspondencia. Suspiró y sentó a su hijo en su regazo antes de darle un beso en el cuello.

Lo amaba con locura.

—Sí, tu padre me hace feliz —le dijo—. Y tú también. Os adoro a los dos. Y siempre habrá un lugar especial para ti en mi corazón, Sami.

El niño sonrió.

—Me gusta cuando me hablas así...

—Eres un mimoso —se rio ella, y le alborotó el cabello.

—¿Qué es un portador de anillos, mamá? Eso es lo que voy a ser yo en la boda.

La palabra «boda» hacía que Darcy se pusiera nerviosa. No podía creer que el gran día estaba a punto de llegar.

Los días anteriores habían estado haciendo los preparativos. Buscando el vestido, practicando la etiqueta de la realeza, probándose las joyas que tradicionalmente recibía la novia del jeque y redactando la lista de invitados. A pesar de que ella no conocía a la mayor parte de los invitados, su suegra le había asegurado que había invitado tanto a gente importante como a ciudadanos corrientes y que no debía preocuparse por nada. Ella estaría a su lado para ayudarla.

Zafir también había estado muy ocupado con los preparativos, además de manteniéndose al día con los negocios que tenía en Londres y Nueva York.

Cuando Darcy le preguntó si podría ayudarlo y acompañarlo en sus visitas, él le comentó que la tradición marcaba que la novia no apareciera en público hasta la boda. Darcy se sintió frustrada, pero saber que al día siguiente se celebraría la boda oficial y que los invitados no se quejarían si los novios se ausentaban temprano, la consolaba.

—Un portador de anillos es la persona que lleva los anillos de boda para los novios. En Inglaterra los llamamos pajes, pero «portador de anillos» parece mágico. Es como el nombre de una de esas historias fantásticas que tanto te gustan. En cualquier caso, creo que estarás guapísimo con la ropa nueva.

—Eso lo dices tú, mamá....

—Tu padre diría lo mismo... Y la abuela Soraya y la abuela Patricia.

Satisfecho, y un poco avergonzado por la atención que estaba recibiendo, Sami saltó del regazo de su madre y corrió a la puerta.

—Me voy a jugar al fútbol con Rashid. Estaré en el jardín grande.

—Muy bien, sé bueno y ten cuidado. No quiero que te hagas daño antes de la boda.

—¡Lo haré! —gritó el pequeño.

—¿Ha sido idea tuya o de tu madre, organizar esta pequeña velada antes de la boda?

El jeque Zafir el-Kalil de Zachariah sonrió a la mujer rubia con la que ya se había casado en Londres y deseó llevarla a algún sitio donde pudieran estar a solas.

La guio hasta una esquina del gran salón lleno de gente y la agarró por la cintura, comprobando que el vestido azul que llevaba resaltaba el color de sus ojos.

—Ha sido idea de mi madre y yo quería complacerla. Ha esperado mucho tiempo a que yo me casara y le diera un heredero. Celebrar su deseo más anhelado es lo menos que podía hacer por ella y, en mi opinión, una pequeña fiesta no hará mal a nadie.

—¿Y no te importan el resto de cosas que tienes que hacer aparte de ser la atracción principal de la boda?

—No estaré solo. Todo el mundo quiere verte, Darcy. Aunque no puedo negar que mi papel es dejarme ver y asegurarme de que mi gente está feliz.

—Esa debe ser una expectativa muy difícil de cumplir. Quería asegurarme de que los deseos de todos los demás están satisfechos y de que tú tendrás tiempo para disfrutar de la celebración también.

–Mi padre me enseñó que mi cargo es sobre todo un privilegio y que principalmente debería ayudar a cuidar de nuestro pueblo demostrando buenos valores. Me dijo que eso sería gran parte de mis obligaciones como rey.

–De pronto pareces muy serio. ¿Crees que has tratado de hacer demasiadas cosas?

Como respuesta, Zafir estrechó a Darcy entre sus brazos sin preocuparse de si alguien los estaba mirando.

–Ser el jefe del Estado es algo muy serio, pero tiene sus compensaciones.

–¿Ah, sí? –bromeó ella–. ¿Y cuáles son?

–Espera a que estemos a solas en nuestros aposentos y te lo demostraré.

Había sido un día largo y cansado, con muchas emociones y quizá demasiado champán... «Solo Dios sabe cómo me sentiré mañana», pensó Darcy. Justo en ese momento apareció un sirviente para entregarle una nota a Zafir.

Ambos estaban de pie en uno de los jardines, donde los aromas exóticos inundaban el ambiente y la mayoría de los invitados ya se habían marchado.

Antes de irse a la cama, Darcy decidió que iría a darle un beso a Sami, aunque estuviera dormido. Sin embargo, la luna llena estaba empleando su magia y tentándola a que se quedara más rato.

–Gracias, Amir. Yo me ocuparé.

Zafir miró a su esposa y ella notó que estaba preocupado por algo.

–¿Ocurre algo? Me refiero a la nota...

Zafir se guardó la nota en el bolsillo y dijo:

–Se trata de un viejo amigo... En realidad, de un socio. Solo quiere saludarme y desearme buena suerte. Regresa a nuestros aposentos y me reuniré contigo allí.

Darcy se sintió decepcionada al ver que no podría compartir aquella magnífica luna con su esposo. Volvió la mejilla hacia Zafir para que se la besara y contestó:

–Está bien. Te veré más tarde.

–No tardaré mucho, mi ángel. Te lo prometo.

No obstante, Darcy se sintió inquieta mientras observaba a Zafir alejarse. Se cruzó de brazos y permaneció un rato más en el jardín.

Desde que él había recibido esa nota, ella había perdido el optimismo acerca de lo que el futuro le depararía.

De pronto, oyó a lo lejos el sonido de una voz femenina que provenía de la oscuridad. Y lo que la mujer decía, dejó a Darcy paralizada.

–Tenía que verte a solas, Zafir. Quería decirte que cometí un gran error al aceptar que te marcharas. Nuestra relación significaba mucho para mí. No solo era un compromiso de conveniencia como tú creías. Me había enamorado de ti, querido.

–¿Qué?

–Sí, estoy enamorada de ti, ¿no te das cuenta? Sabes que nunca habría venido si no pensara que existe la posibilidad de que tú sientas lo mismo por mí. ¿Hay alguna posibilidad de terminar con tu matrimonio, para que podamos volver a estar juntos?

–Me sorprendes, Farrida. ¿Dices que me quieres?

Darcy no deseaba esperar a oír más. Se sentía frágil y se marchó lo más rápido que pudo. Sin saber hacia dónde se dirigía, su necesidad de escapar nunca había sido tan fuerte...

Con la respiración agitada, se obligó a dejar de correr. Aparte de por el dolor que sentía en el tobillo, le resultaría fácil perderse en la inmensidad del jardín, pero tuvo la sensatez de fijarse en un par de señales. Finalmente, se sentó en un murete para descansar y fue entonces cuando las palabras que había oído impactaron en ella con fuerza...

¿Era cierto que Zafir sentía algo por ella? ¿O la había engañado para así poder estar cerca de su hijo? ¿Quizá planeaba alejarlo de ella?

Darcy no se percató de que estaba llorando hasta que las lágrimas comenzaron a gotear por su barbilla. Conocía bien lo que era tener el corazón roto y sentirse desesperada, pero no podía permitir que aquello la destrozara. Quizá no tuviera el poder de Farrida, y tampoco había sido la amiga de la infancia de Zafir, pero nunca cedería a su hijo, por mucho que la amenazaran.

Momentos después, recuperó la calma y comenzó a pensar de nuevo con claridad.

¿Era posible que un hombre fingiera estar enamorado de ella y la tratara como si fuera el centro de su universo mientras estaba enamorado de otra mujer? No parecía posible. Y pasara lo que pasara ella lucharía por aquel hombre, era el amor de su vida y el padre de su hijo.

Quizá Farrida había decidido que amaba a Zafir, pero Darcy estaba segura de que ella lo amaba todavía más...

El hecho de que Farrida lo hubiera citado en los jardines del palacio para decirle que siempre lo había amado y exigirle que terminara su compromiso con Darcy para que ellos pudieran volver a estar juntos, demostraba la arrogancia de aquella mujer.

Solo había servido para que Zafir recordara lo mimada que estaba. No podía soportar no conseguir algo que deseaba.

Zafir le había aclarado que haberse reencontrado con Darcy era lo mejor que le había pasado en la vida y que ella ya era su esposa. Al ver que la mujer rompía a llorar, sintió lástima por ella y salió a buscar al chófer para que la llevara de regreso a su casa.

El desafortunado episodio provocó que estuviera más ansioso de regresar junto a su esposa. Ella había querido contemplar la luna con él y él la había abandonado para hablar con Farrida, así que lo único que deseaba hacer en esos momentos era estrecharla entre sus bazos otra vez...

Cuando regresó a los aposentos y descubrió que Darcy no estaba allí, se preocupó. Su madre y Sami se habían acostado hacía rato, así que supuso que Darcy no estaría con ellos. Preguntó a algunos sirvientes y cuando le confirmaron que no la habían visto, Zafir comenzó a preocuparse. Después, uno de los empleados que estaban recogiendo los restos de la fiesta le dijo que la había visto salir corriendo por un camino que se dividía hacia otro de los jardines y Zafir notó que se le aceleraba el corazón.

¿A qué diablos estaba jugando?

Sin buscar ayuda, se dirigió a los jardines, confiando en que conocía muy bien el lugar como para buscarla a solas.

No obstante, al cabo de una hora no la había encontrado, así que pensó en regresar al palacio para organizar su búsqueda. Primero se dirigiría a los aposentos confiando en que Darcy hubiera encontrado el camino de regreso...

Aliviada por haber encontrado la salida del jardín, Darcy regresó a la suite y se puso un camisón y una bata. Después salió al pasillo y se dirigió hasta el dormitorio de su hijo.

En un principio le había dado a su madre la opción de compartir la habitación de su nieto cuando fuera para la boda, pero la madre se había negado porque Sami le había dicho que ya era un niño mayor y no un bebé.

Zafir había acomodado a su suegra en una lujosa suite al final del pasillo, y dijo que se alegraba de saber que su hijo quería su propio espacio porque eso significaba que estaba creciendo.

Darcy no se alegraba tanto, ya que no quería que su hijo se hiciera mayor tan deprisa.

Encontró a Sami dormido en su cama. Su cabello

era un nudo de rizos y era fácil confundirlo con una niña. Darcy sabía que cuando se incorporara, los rizos caerían de forma natural y que el hoyuelo que tenía en la barbilla, como su padre, dejaría claro que era un niño.

Consciente de que todas sus preocupaciones se calmarían si se tumbaba junto a su hijo, Darcy retiró las sábanas y se acurrucó junto a él. Solo el hecho de inhalar su aroma ya era relajante.

Al cabo de unos segundos, Darcy notó que se le cerraban los ojos. Enseguida, el sueño se apoderó de ella, pero antes de sucumbir, un rostro muy atractivo apareció en su mente. Era el de Zafir.

–¿Por qué has ido a verla? –gimió ella–. ¿No soy suficiente para ti?

Recordando su decisión, se forzó para no pensar en la posibilidad de que él se creyera la declaración de amor que le había hecho Farrida y pensó en todas las cosas que ella tenía y que no tenía la otra mujer... Sobre todo, el en hijo maravilloso que habían creado juntos...

Zafir se quedó sorprendido y nervioso al ver que Darcy no había regresado a los aposentos.

–Debería estar en la cama –dijo en voz alta y con el corazón acelerado–. ¿Dónde está?

Además, se sentía furioso por el hecho de que Farrida hubiese aparecido en el palacio la noche antes de su boda. Él le había dicho que no intentara verlo otra vez, al menos no en privado, ya que no sería bienvenida.

Zafir se quitó la túnica y se puso unos pantalones vaqueros y una camiseta. Después se dirigió a la habitación de su hijo. Antes de entrar se pasó la mano por el cabello y trató de reflexionar sobre lo sucedido. Después, abrió la puerta con cuidado.

Incluso desde la distancia, vio la melena dorada de Darcy cayendo sobre sus hombros. También vio el pelo rizado de Sami. Aún se emocionaba al pensar que aquel niño era hijo suyo y que algún día reinaría tal y como habían hecho sus antepasados antes que él.

Zafir atravesó la habitación y se inclinó sobre su esposa para despertarla. Su piel radiaba ternura y Zafir deseó tumbarse junto a ella. Consciente de que no se quedaría satisfecho, susurró su nombre y la besó en la mejilla.

—¿Darcy? ¿Dónde te fuiste? Deja que te lleve de nuevo a nuestra cama. No quería estar tanto tiempo lejos de ti.

Ella abrió los ojos y lo miró.

—¿Has vuelto? No te preocupes por ayudarme a llegar a nuestra cama. Estoy bien y quiero quedarme aquí... En serio.

—Pero yo no. Voy a llevarte al lugar al que perteneces.

Sin darle la oportunidad de rechazarlo, Zafir retiró la colcha y la tomó en brazos. Después, se inclinó de nuevo para arropar a Sami.

—Vamos —murmuró, y la sacó de la habitación.

Despacio, cerró la puerta con el pie y se dirigió a su dormitorio. Cuando llegaron allí, tumbó a Darcy sobre la cama.

–¿Por qué no me esperaste aquí? Cuando regresé vi que no estabas. Un sirviente me dijo que te había visto corriendo por el jardín. ¿Qué pasó? ¿Por qué querías escapar?

–No te esperé en los aposentos porque sabía que estabas hablando con tu prometida.

Zafir se puso pálido y suspiró.

–¿Nos oíste? Yo no fui a buscarla, si es lo que piensas. Ella apareció sin avisar y dijo que quería hablar conmigo. Yo ni siquiera sabía que estaba aquí hasta que me entregaron la nota.

–¿Y qué tipo de negocio teníais juntos? Eso es lo que me dijiste, ¿no? Que la nota era de un socio.

Zafir se sentó en la cama con impaciencia.

–No tenemos ningún negocio juntos. Yo rompí el compromiso con ella cuando estábamos en Londres. Ya lo sabes. Es evidente que a ella no le gustó, y cuando se enteró de que había regresado a Zachariah me siguió. ¿Vas a castigarme el resto de tu vida por haber tenido un breve compromiso con ella?

–Ella te dijo que te amaba.

–¿Lo oíste?

–Sí.

–¿Y oíste que yo le dije que estaba sorprendido por su confesión? En ningún momento le demostré que el sentimiento era mutuo, y desde luego no pensé en alimentar su fantasía y cancelar nuestra boda. Lo cierto es que su manera de actuar solo ha servido para recordarme una vez más lo arrogante que es.

–Parecía disgustada.

–Olvídate de Farrida. Eres tú la que significa todo para mí... Tú y solo tú. Me volví loco pensando que podías haberte escapado.

La expresión de su rostro reflejaba el miedo y la desesperación y Darcy recordó el día en que él le había dicho que se marchara y que no quería volverla a ver nunca más. En aquellos momentos él se había debatido entre la lealtad hacia su hermano y un futuro incierto con una mujer que todavía no le había demostrado que nunca lo engañaría.

Había sido una dura prueba para los dos. Darcy no quería albergar más tiempo el sentimiento de culpa que experimentaba hacia él.

–¿Por qué iba a escapar de ti, Zafir? Mi casa está aquí, contigo y con Sami. Sería idiota si escapara de lo que desea mi corazón. Además, estoy cansada de escapar. Da igual lo que suceda, pienso quedarme a tu lado. En los momentos buenos y en los malos. ¿No es eso lo que prometimos cuando nos casamos?

Zafir estaba conmovido por sus palabras.

–No siento que merezca tu devoción... No cuando he infligido tanto sufrimiento en ti. Ojalá pudiera reescribir el pasado y hacer que todo fuera como al principio de conocernos. Entonces, la vida estaba llena de promesas. Sin embargo, ahora que me has dicho lo que sientes por mí, quiero que sepas que no tendrás que preocuparte porque lo dé por hecho. Conocerte ha hecho que todo cambiara para mí. Fue cuando hicimos el amor por primera vez que me di cuenta de que mi corazón no era impenetrable.

Sin dudarlo, Darcy lo rodeó por el cuello y sonrió mirándolo a los ojos.

—¿Quieres decir que traspasé la barrera de tu corazón la primera vez?

—¿Tú qué crees?

—Creo que el amor es un milagro. Y que no importa lo que pase, nunca debe contemplar el castigo, pero si el perdón. Ambos hemos sufrido, pero hemos tenido la oportunidad de rectificar los errores del pasado. No deberíamos desperdiciarla, sino que deberíamos enfrentarnos juntos al futuro y vivir la mejor vida que podamos. ¿No te parece?

—¿Y de veras puedes perdonarme de corazón?

—Por supuesto. Y te perdono.

Antes de que él inclinara la cabeza para besarla, Zafir se sintió el hombre más afortunado del mundo por tener otra oportunidad para encontrar la felicidad. Su esposa era una mujer excepcional y cuando sus labios se encontraron todo su cuerpo reaccionó, provocando que él deseara vivir a su lado para siempre.

Capítulo 12

EL DÍA de la boda amaneció muy despejado y el entusiasmo era casi palpable en el ambiente. La madre de Zafir le dijo a Darcy que los presagios eran buenos y Darcy sonrió y la abrazó. Mientras se vestía para la ceremonia, con el vestido de seda y gasa que habían diseñado para ella, experimentó una mezcla de entusiasmo y placer que no había conocido jamás.

Al parecer, las personas de su alrededor también sentían la magia, porque todo era sonrisas y buenos deseos. Por primera vez en su vida, Darcy podía confiar en que era realmente querida y admirada. Y todo gracias al atractivo y generoso jeque con el que se había casado.

Incluso el día de su boda, Zafir seguía aceptando los buenos deseos de aquellas personas del reino que querían visitar el palacio para presentarle sus respetos.

Mientras se celebraba la ceremonia, a Darcy se le humedecieron los ojos al oír las palabras del texto sagrado que leyeron para ellos. Cuando miró a Zafir, vestido con magníficas túnicas, y pronunció las palabras que anunciaban al mundo que estaba a punto de convertirse en su esposa, habló con el corazón.

Entonces, llegó el momento en que Zafir anunció que se convertiría en su esposo, en padre de sus hijos y en su compañero del alma, y ella respiró hondo al ver que sus ojos negros también estaban llenos de lágrimas.

En el momento en que dijeron que el novio podía besar a la novia, Darcy se dejó abrazar y permitió que él la besara como si fuera la primera vez. Zafir no tenía prisa por terminar el beso y los invitados comenzaron a vitorear.

Mientras se besaban, ella no pudo evitar especular cuántos hijos más podrían tener. Serían los hijos de una dinastía maravillosa. Y su querido hermano Sami, sería el que propició el amor eterno entre sus padres al reunirlos cuando todo parecía perdido...

Fue después de la medianoche cuando se marcharon al lugar secreto donde Zafir había organizado la noche de bodas.

Darcy se había sentido muy bien atendida antes y después de la ceremonia, y parecía que las sorpresas iban a continuar. Llegaron a su destino montados en el semental negro de Zafir. Ella iba delante y él sujetaba las riendas desde atrás. Al ver la tienda beduina que habían colocado bajo las estrellas y sobre la arena del desierto, ella se quedó sin respiración.

–¿Estoy soñando? –murmuró mientras Zafir la ayudaba a bajar de la silla.

–Si es así, le doy gracias a Alá por hacer que yo sueñe lo mismo –sonrió él.

El interior de la tienda era mágico. Las paredes eran de color azafrán, y las lámparas doradas hacían que pareciera la imagen de un cuento de hadas. El aroma a especias y hierbas inundaba el ambiente, y Darcy no podía dejar de mirar la inmensa cama con dosel que tenían delante. Las cortinas eran de color dorado y turquesa, y los almohadones a juego. Nunca había visto algo tan tentador...

Zafir se colocó detrás de ella y apoyó las manos sobre sus hombros. Ella se apoyó en su cuerpo y dijo:

–¿Vamos a...? ¿Podemos...?

–¿Meternos en la cama? –él terminó la frase con tono seductor–. Por supuesto.

La guio hasta la cama besándola en el rostro y en el cuello, y cuando ella intentó besarlo también, él la tumbó en la cama, se quitó las botas y se tumbó a su lado.

Darcy empezó a desnudarlo y Zafir hizo lo mismo. Al cabo de unos momentos, él la penetró con su miembro erecto y sedoso.

–Mírame –le dijo mirándola fijamente a los ojos, y demostrándole que era a ella a quien quería. No solo en ese momento, sino para siempre...

Fue entonces cuando comenzó a moverse despacio y le pidió que le rodeara el cuerpo con las piernas. Al instante, ella sintió que estaba a punto de alcanzar el orgasmo. Cuando finalmente llegó el momento de rendirse, lo miró con los ojos llenos de lágrimas:

–Te quiero. Siempre te he querido.

Como respuesta, él la besó de forma apasionada y comenzó a moverse más deprisa. Ambos alcanzaron el clímax a la vez y él apoyó la cabeza sobre el pecho de Darcy mientras esperaba a que se le calmara la respiración.

Momentos después, Zafir se incorporó y la miró a los ojos:

—Yo siempre te he querido, Mi Reina. ¿Cómo pudiste imaginar que podía querer a otra persona que no fueras tú?

—¡Ya había esperado demasiado para que me lo dijeras! —bromeó ella.

Zafir suspiró y le acarició el cabello.

—El amor que siento por ti siempre ha estado reflejado en mi mirada... Quizá debería haber sido lo bastante valiente como para decírtelo en palabras además de demostrártelo.

—Ahora que ya has desvelado el secreto, puedes decírmelo y demostrármelo siempre que quieras.

Darcy lo movió una pizca y él se tumbó a su lado. Ella colocó el brazo sobre su torso y se acurrucó contra él.

—Si alguna vez cometo el error de no decirte cuánto te quiero, me gustaría que tú me lo recordaras tan a menudo como sea necesario. ¿Lo harás, amor mío?

—Sí, Mi Rey. Eso es algo que puedo garantizarte.

Epílogo

Un año más tarde...

Darcy recorrió el pasillo en busca de su esposo vestida con el camisón blanco de algodón y un batín a juego. Llevaba el cabello suelto por los hombros y caminaba con alegría.

Él había regresado hacía muy poco de un viaje de negocios a los Estados Unidos, y como había llegado temprano, Darcy no había tenido oportunidad de hablar con él. Increíblemente, se había quedado dormida y no se había despertado para su llegada. Tan pronto como abrió los ojos, ella recordó que él tenía una reunión importante con la junta directiva esa misma mañana, y decidió que no quería esperar tanto tiempo para verlo.

Iría a buscarlo y le demostraría lo mucho que lo había echado de menos.

En la puerta de la sala de juntas había un sirviente vigilando. Ella le dijo que quería hablar con su esposo, el jeque, y se sorprendió cuando vio que Rashid salía a recibirla.

Estaba deseando ver a Zafir. Dos semanas separada del hombre al que amaba era demasiado.

—Su Alteza me ha dicho que no quiere que lo

molesten, Alteza. Es una reunión importante, y debería terminar dentro de una hora. ¿Quizá preferiría regresar a sus aposentos y vestirse antes de reunirse con él?

Rashid arqueó una ceja, recordándole a Darcy que iba vestida en camisón y batín.

–Puedo pedir que le lleven una taza de té y unas galletas a la terraza. ¿Le apetece?

Decepcionada por el hecho de que su deseo se había visto truncado, Darcy se percató de lo inapropiada que era su vestimenta. Agarró el cinturón del batín y se lo apretó. Después, se cruzó de brazos de manera protectora, suspiró con impaciencia y se retiró un mechón de pelo que caía sobre su frente.

–Sé que su intención es buena, Rashid, pero lo último que me apetece ahora es comer. Si supiera lo desesperada que estoy por ver a mi esposo, seguro que conseguía que pudiera pasar unos minutos con él... Prometo que no lo entretendré mucho más.

Darcy se percató de que la expresión de Rashid se suavizaba.

–Con esa mirada podría convencer a una rosa para que creciera en la parte más árida del desierto, Alteza –comentó él–. Está bien, veré qué puedo hacer.

–Gracias. Es usted un tesoro.

Zafir se dirigió con impaciencia hacia la puerta de la sala de juntas, dejando atrás las miradas curiosas de las personas que estaban sentadas alrededor de la mesa. Tenía el corazón acelerado. Rashid le había dicho que su esposa necesitaba verlo urgentemente, y que suponía que era importante porque todavía no se había vestido.

Frunciendo el ceño, Zafir pensó que algo iba mal.

Nada más abrir la puerta vio a Darcy paseando de un lado a otro. Su aspecto era adorable y sexy, vestida con el camisón y el batín a juego. Su corazón se le aceleró aún más.

¿Qué pretendía aquella mujer? Sin duda conocía los efectos de estar dos semanas sin relaciones íntimas... El único motivo por el que no la había tomado entre sus brazos para hacerle el amor nada más regresar a casa había sido que parecía profundamente dormida.

Darcy necesitaba descansar todo lo posible en su estado. Zafir no quería que la vida del bebé corriera peligro...

Al hablar, lo hizo con un tono más duro de lo que pretendía.

—Darcy. ¿Qué pretendes conseguir paseándote así por delante de mis sirvientes y poniéndolos en una situación comprometida?

—¿De qué estás hablando?

Él se acercó y la sujetó por las muñecas.

—¿No tienes sentido del decoro? ¿Cómo se te ocurre aparecer así delante de mis hombres? ¿No se te ha ocurrido vestirte de forma adecuada primero?

Ella se mordió el labio inferior y parecía a punto de llorar.

—No se me ha ocurrido porque tenía que verte. No podía pensar en otra cosa. Ahora me hubiera gustado ser más sensata. Que Dios me perdone si te he ofendido.

Darcy retiró los brazos y se movió como si quisiera alejarse de él todo lo posible.

Zafir puso una mueca y la estrechó rápidamente entre sus brazos.

–Solo quería que te dieras cuenta de que apareciendo así te arriesgas a todo tipo de especulaciones –comentó él.

De algún modo, encontró la sonrisa con la que le hubiera gustado recibirla.

–Eres demasiado bella como para ser lo primero que ve un hombre por la mañana, y lo último que quiero es que mis sirvientes se vuelvan locos por ti.

Darcy se relajó y él la abrazó con más fuerza. Su aroma era embriagador y Zafir tenía problemas para mantener el control.

–Quiero besarte, pero deseo hacerlo despacio y de manera apasionada. Por eso no puedo hacerlo ahora. Los miembros de la junta directiva se alarmarán si no regreso pronto. ¿Tienes idea de lo mucho que te he echado de menos? –le acarició el vientre–. A ti y a la tripa que le dice al mundo que llevas a mi hijo en tu vientre.

–A tu segundo hijo, quieres decir.

–Me preguntaba si esta vez será una niña...

–Eso es lo que quería decirte. El médico que hará el seguimiento de mi embarazo en el hospital ha llamado para saber si queremos saber el sexo del bebé.

Zafir no podía negar que cuando su esposa aceptó dar a luz en Zachariah, se había sentido entusiasmado.

No pudo resistirse más y la besó en la comisura de los labios.

—¿Y qué le has dicho?

—Le he dicho que era una decisión que teníamos que tomar entre los dos.

—Yo no protestaría si tú quisieras saberlo.

—Lo sé.

Darcy lo besó, y Zafir gimió al ver que todo su cuerpo reaccionaba.

—Pero ¿te gustaría saber si es niño o niña?

Retirándose el cabello negro de la nuca, él sonrió:

—Lo único que quiero es que la criatura esté sana y que tu embarazo sea lo más relajado posible.

—Entonces, creo que será mejor que no lo sepamos. Así tendremos una gran sorpresa cuando nazca.

—Estoy de acuerdo. Ahora, quiero que regreses a nuestros aposentos. Y si decides meterte de nuevo en la cama y esperar a que termine la reunión, te aseguro que me ocuparé de que no dure demasiado, amor mío.

La besó de nuevo y, teniendo en cuenta las circunstancias, se percató de que quizá el beso había durado un poco más de lo recomendable...

Bianca

Una sola noche con el millonario australiano nunca sería suficiente...

El trabajo consumía toda la vida del arquitecto Adrian Palmer, pero en su cama siempre había una hermosa mujer.

Con Sharni Johnson debería haberse contenido un poco. La joven viuda era tímida, hermosa y sin sofisticación alguna... la víctima perfecta de su malévola seducción. Adrian se volvió loco al comprobar la intensidad de su unión. Pero Sharni no era de las que tenían aventuras de una sola noche...

Adrian no tardó en darse cuenta de que la pasión no parecía ir a consumirse jamás... y no podía dejar de pensar en el enorme parecido que había entre su difunto esposo y él...

MALÉVOLA SEDUCCIÓN

MIRANDA LEE

Acepte 2 de nuestras mejores novelas de amor GRATIS

¡Y reciba un regalo sorpresa!

Oferta especial de tiempo limitado

Rellene el cupón y envíelo a

Harlequin Reader Service®
3010 Walden Ave.
P.O. Box 1867
Buffalo, N.Y. 14240-1867

¡Sí! Por favor, envíenme 2 novelas de amor de Harlequin (1 Bianca® y 1 Deseo®) gratis, más el regalo sorpresa. Luego remítanme 4 novelas nuevas todos los meses, las cuales recibiré mucho antes de que aparezcan en librerías, y factúrenme al bajo precio de $3,24 cada una, más $0,25 por envío e impuesto de ventas, si corresponde*. Este es el precio total, y es un ahorro de casi el 20% sobre el precio de portada. ¡Una oferta excelente! Entiendo que el hecho de aceptar estos libros y el regalo no me obliga en forma alguna a la compra de libros adicionales. Y también que puedo devolver cualquier envío y cancelar en cualquier momento. Aún si decido no comprar ningún otro libro de Harlequin, los 2 libros gratis y el regalo sorpresa son míos para siempre.

416 LBN DU7N

Nombre y apellido	(Por favor, letra de molde)	
Dirección	Apartamento No.	
Ciudad	Estado	Zona postal

Esta oferta se limita a un pedido por hogar y no está disponible para los subscriptores actuales de Deseo® y Bianca®.
*Los términos y precios quedan sujetos a cambios sin aviso previo.
Impuestos de ventas aplican en N.Y.

SPN-03   ©2003 Harlequin Enterprises Limited

Cuando el amor no es un juego
Maureen Child

Cuando Jenny Marshall conoció a Mike Ryan supuso que había encontrado al hombre de su vida, pero cuando él se enteró de que era la sobrina de su competidor pensó que le estaba espiando.

Jenny supuso que todo había terminado con Mike, hasta que consiguió un nuevo trabajo… ¡Y su jefe era él!

Su empleada era una tentación a la que Mike no podía resistirse, aunque seguía sin poder confiar en ella. Y ahora estaba esperando un hijo suyo. ¿Tramaba Jenny el más elaborado de los planes o de verdad era hijo suyo?

Podía tenerlo todo si conseguía abrir su protegido corazón

Bianca

Solo contaba con veinticuatro horas para hacer que ella cayera rendida a sus pies

En medio del caos de una huelga de controladores en el aeropuerto, el soltero más cotizado de Madrid, Emilio Ríos, se tropezó con un antiguo amor, Megan Armstrong. En el pasado, Emilio se había doblegado a su deber como hijo y heredero, y se había casado con la mujer «adecuada», renunciando a Megan, que no era tan sofisticada.

Alejarse de ella había sido lo más difícil que había hecho en su vida, pero ahora que era libre, no iba a perder ni un minuto.

LIBRES PARA EL AMOR

KIM LAWRENCE